門小雷 繪

吸血鬼獵人
日誌

JOURNAL OF THE VAMPIRE HUNTER

III

［重編版］

喬靖夫——著

吸血鬼獵人日誌

目次

【華麗妖殺團】

吸血鬼獵人日誌

目次

吸血鬼獵人
日誌

JOURNAL
OF THE VAMPIRE
HUNTER

Book 4

華麗妖殺團

Mortal Angels

二〇〇X年
美國

第一章
天國之門

四月二十二日

《奧斯丁先鋒報》

校園浴血槍手確定爲學生
死亡人數增至三十三名

【德州．科爾森堡二十一日電】警方公布日前市郊高校槍擊事件的初步調查報告，兩名年輕槍手已證實爲該校畢業班學生。兩人於事件中飲彈身亡，初步相信乃同時吞槍自殺。

另外三名中槍學生週三於醫院傷重不治，令事件總死亡人數（包括兩名槍手）增至三十三人。此外仍有十八名傷者留院觀察，這宗事件是美國目今爲止最嚴重的校園暴力案。

事發於聖安東尼奧市以東四十公里科爾森堡的佩茜拉紀念高校，據警方發言人公布，兩名行凶槍手羅勃特．赫爾（十八歲）及簡尼夫．麥克諾頓（十七歲）皆就讀該校畢業班。兩人於二十日中午攜帶多柄鋸短霰彈槍、半自動武器及大量彈藥進入學校餐廳，毫無預兆地朝群集的同學及教職員掃射，之後轉往學校圖書館繼續殺戮，時間持續達六小時。特警隊進入校園後，發現兩人已中槍身亡。

據目擊學生指稱，兩名槍手當時身穿黑色大衣，戴黑色露指手套，行凶前把槍械收藏在大衣底下及運動袋內，兩人開火時不斷大笑及高呼。警方表示兩人行凶動機目前未明，需待法醫詳細檢驗後才能確定槍手是否受藥物或酒精影響。警方目前正集中調查是否有其他共犯或知情者，並追查兩人使用的槍械彈藥來源……

四月二十二日

德州　科爾森堡

Once there are Four Prophets（從前有四個先知）
Here They Cum（他們來了）
Mr. Simpson & Mr. Manson（辛普森先生和曼森先生）
Mr. Heston & Mr. Clinton（希士頓先生和克林頓先生〔註〕）
Here They Cum（他們來了）
Mr. Clinton Showed Up with a Loaded Pistol（克林頓先生帶來了一柄上滿子彈的手槍）
And Sold it to Mr. Heston（還把它賣給希士頓先生）

Mr. Heston Handed it to Mr. Manson（希士頓先生把它交給曼森先生）

Who Pointed the Barrel at Mr. Simpson（他把槍口指向辛普森先生）

But O.J. Said, "Come On, My Son,"（然而 *O.J.* 說：「算了吧，小子。」）

"You Know I Prefer a Knife to this stupid gun..."（「你知道比起這爛槍我更喜歡用刀……」）

約瑟・哈納特探員把ＣＤ唱機關上。

歌詞還不錯。這個重金屬樂團叫「Dog Eaters」。羅勃特・赫爾的房間裡，齊集他們發行過的每一張單曲ＣＤ。他確實很喜歡他們。

註：O.J.・辛普森（O.J. Simpson），前職業美式足球巨星，一九九四年涉嫌用刀殺害妻子及其情夫，並上演一場直播的公路大逃亡，全美轟動。次年經全程電視轉播的「世紀審判」之後無罪獲釋。查爾斯・曼森（Charles Manson），一九六〇年代末藉助嬉皮文化及個人魅力，招集大批「曼森家族」信徒，在加州進行多次殺戮，其中最矚目是一九六九年殺害電影女星莎朗・蒂（Sharon Tate）等多人，成爲美國史上最著名殺人狂。查爾登・希士頓（Charlton Heston），前好萊塢紅星，一九九八年起擔任「國家步槍協會」（National Rifle Association）主席，支持美國公民擁槍權的大旗手。比爾・克林頓（Bill Clinton），第四十二任美國總統。

哈納特嘆了口氣。顯然羅勃特只聽得見音樂裡那股狂暴與憤怒，而聽不明白歌詞中對於暴力的諷刺。

——那個受詛咒的星期二。

哈納特從房間窗戶探出頭。

外面是屋子的前院草地，院外就是街道，再對面是一整列外觀跟這裡幾乎一模一樣的房屋。市郊的天空，以德州的天氣來說少有地陰沉。

守在屋前那些制服同僚明顯很疲累。他們已經輪班守在這裡和麥克諾頓家連續三天，而看案件目前的矚目程度，大家恐怕還要多守一、兩個星期甚至一個月。這兩個小子剛剛成為了全美國最有名的高中生。誰曉得他們家裡還藏著多少秘密？

把汽車停滿街道的記者，個個顯得很有精神。就像看到血的蒼蠅一樣。

哈納特在窗台上用手支著下巴。

這樣的窗外景觀，撇除了現在站崗的警察和記者，跟美國許多高中男生的房間大概沒有甚麼分別。

——可是羅勃特啊，當你坐在窗前，瞧著這樣的風景時，心裡到底在想甚麼？窗外有甚麼東西令你如此憤怒？「死亡」是何時鑽進你的腦袋，成為了你的信仰？

窗旁的書桌很凌亂。這種凌亂對哈納特來說很熟悉。他大學畢業了才不過三年，從前他的宿舍房間也是這副德性：書桌上各種雜物堆成一座小山，電腦鍵盤空隙塞著零食碎屑，菸蒂半浮沉在咖啡殘渣裡，牆上貼著褪色和角落折起的搖滾樂團海報，被褥底下塞著幾本不知多少人傳閱過的色情雜誌……

哈納特是整個凶殺組裡最年輕的探員。他知道這正是上司派他來這裡的原因。

「我們實在無法理解，這兩個還沒有開始剃鬍鬚的小鬼，是怎麼生出這樣可怖的念頭……」

哈納特同樣無法理解。

而羅勃特和簡尼夫永遠也不會說出真正的答案。

哈納特寧可獨自一個待在這房間。他實在不知道應該用甚麼表情面對赫爾夫婦。難道要同情他們嗎？

房間裡很寧靜。他聽不見樓下客廳的說話聲。搭檔班尼正在下面為羅勃特．赫爾的父母錄口供。哈納特沒再聽到抽泣聲，但他知道赫爾太太還在哭。

——很抱歉，你們十幾年來在家裡養育了一頭會吃人的怪物。但是不打緊，這不是你們的錯，而且一切都過去了……

哈納特幾乎想這樣對赫爾夫婦說。

班尼跟他不一樣，一定能夠好好處理。班尼．迪邦是坐鎮凶殺組三十年的老探員。哈納特想，假如沒有意外，自己將是班尼退休前最後一個搭檔。

哈納特環顧羅勃特的房間。已經沒剩下多少有用的東西。他們這一組隸屬於第四批到來的調查人員。第一隊危機應變人員在事發當天下午確定了凶徒身分和資料後火速趕到，當時兩個少年槍手還未在校園裡自盡。他們負責封鎖宅邸，確保各種證據原封不動，並帶來了拆彈小組搜查，確定沒有藏匿任何爆炸品。

第二批人員接力到達，一直留到次日晚，即時錄取赫爾家及麥克諾頓家所有人的口供，並收集兩人房間裡的主要證物：電腦、所有紙張、記事本、可疑書本、藥物、飲料、錄影帶、燒錄光碟片等等。另一隊蒐證專家則套取所有鑑證所需的對照樣本。

到了第三天，上級特別吩咐哈納特到這個房間來看看。

「也許你能夠看出些特別的東西。」

「X-Boy」是局裡前輩給他的綽號。人人都知道哈納特的興趣：搖滾吉他、電腦遊戲、滑板……可是哈納特拒絕如他們期望，在警局裡扮演那異類角色。而是每天穿正式的西裝上班，喝跟他們一樣黑的咖啡。他要所有同僚知道，他是認真的，只不過他閒暇時做的事情，碰巧跟他們有點不同而已，而這絕不會妨礙他當個稱職的探員。

哈納特發現電腦的顯示器還在原位——蒐證人員只對硬碟裡的東西有興趣。顯示器側面貼著個黑色的圓形小貼紙，中央印著螢光綠的獸爪印記。

是《STOMP!》的著名標誌。這貼紙哈納特家裡也有。

光明與黑暗的戰爭還沒有結束！

傳說中的「神之腕輪」具有打破次元分界與粉碎行星的可怕力量，經過六百萬年後重現凡界。天使、惡魔與獸人三族的英雄紛紛握起武器，為爭奪這個象徵終極霸權的寶物，再次展開血雨腥風的殺戮！

遊戲特色：

——全新三維圖像引擎，戰場一草一石活現眼前；

——逼真廣闊的戰鬥場景，從沼澤、森林、地獄到玻璃聖殿；

——八種新增武器，包括具有追敵功能的幽靈弩箭及座地式迫擊炮；

——支援多達六十四人連線對戰，八種對戰模式，包括新增「隊間刺殺」

哈納特瞧著貼紙苦笑。他自己也是這個「第一人稱射擊」（First Person Shooter）電腦遊戲系列的深度上癮玩家，讀大學四年間因此弄壞過三支滑鼠，在無數通宵達旦的「殊死戰」（Deathmatches）和「奪旗戰」（Capture The Flag）裡，他跟大學宿舍每個同窗互相「殺死」過對方無數次。當虛擬的核子火箭彈把敵人炸成紛飛肉屑的一刻，哈納特承認那確實帶來無可比擬的快感。

羅勃特・赫爾比哈納特還要沉迷，他親手設計的《STOMP! 2》對戰版圖，現在仍存放於非官方同好網頁「Devil's Stomping Ground」的伺服器裡。經過星期二的校園屠殺後，那個命名《第五層地獄》的版圖，理所當然成為網路上最熱門的下載檔案。

哈納特認識的《STOMP!》玩家裡，遠比羅勃特狂熱的大有人在，但他們都沒有像羅勃特那樣，真的把那殺戮地獄變成現實。

假如一個遊戲真的具有這麼大的影響力，那麼發生這種瘋狂事情機率最高的地方，按道理應該就是遊戲設計商或是遊戲雜誌編輯部裡面吧？這些地方的人每天都長時間持續在玩啊。但現實是這類無差別殺戮事件，最常發生的地方是郵局——「go postal」〔註〕這個詞語連字典也收入了。

大眾對於他們無法理解的事情感到莫名地害怕。於是他們急於尋找解釋。而且是他們願意相信的解釋。電影電視。暴力電腦遊戲。重金屬搖滾。大麻。

養育一個正常的孩子太難了。把一切怪罪在這些東西上則容易得多。

大眾卻似乎忘記：是誰把連續殺人魔的肖像當作明星般放在雜誌封面上？是誰的法律決定，人們隨便走進百貨商場就買得到高火力的自動步槍？哈納特想起剛才那首《Mr. X》的歌詞。

——辛普森。曼森。廣島。越南。甘迺迪……

——不，我們並沒有忘記。這麼多年來我們都在呼吸暴力。只是我們假裝它不存在。

哈納特猛力搖頭。夠了，這些政治立場再想下去也沒有任何意義。你不過是個他媽的警察，你的工作是在事件發生之後才開始：把事件的所有細節調查清楚，記錄歸檔。然後等待人們漸漸淡忘它，回到正常的生活。直至下一個事件發生。

無論如何，人們也不得不承認：羅勃特和簡尼夫成功復仇了。他們把自己的名字寫進入了歷史。以一種醜陋的方法，一種在電視和網路媒體發明之前沒那麼威力強大的方法。

哈納特卻無法想透：單純對社會的仇恨，甚至想成為「某個人」的成名欲望，就足以支持兩個沒見過真實人生的少年，幹下這種程度的惡行嗎？

這並不是一時衝動。殺戮持續了好幾小時。用的是霰彈槍與九毫米半自動步槍，這兩種子彈打在人體上的情景半點也不漂亮。飛散的腦漿和撕裂的內臟，還有黏在他們軍靴底的血——這些通通不是《STOMP!》裡的電腦像素畫面，而是活生生的。還有聲音和氣味。

註：「Go postal」指由於工作壓力、摩擦、解僱、經濟困難、精神失常以至不明原因，引發的工作地點槍殺或自殺等暴力事件。因為過去多次行凶者都是郵局職員，因而產生了這個俗語。

兩人卻在保全錄影鏡頭面前高興得大笑。他們當時處於一種怎樣的精神狀態？沒有任何恐懼嗎？不會覺得噁心嗎？

無法理解。

哈納特想起自己到警局上班的第一天。他告訴班尼，自己在大學裡修過犯罪心理學，班尼聽完後只是聳聳肩。

哈納特很不服氣，直到一個星期後在酒吧裡，他終於有機會問班尼：「你認為人們為甚麼會犯罪？」

這位快要退休的黑人探員搔搔半白頭髮，再一次聳聳肩：「**沒有甚麼原因。邪惡不需要解釋。**」

——邪惡？

——我們又不是在傳教。

哈納特想著時，在那個已經空掉大半的書架上有所發現。

《新約全書》。

哈納特把它拿下來。平裝版小說的大小，紅色軟封皮帶點破舊，是主日學校送給孩子的那種廉價版本。

先前的調查員也許覺得，一本《聖經》沒甚麼，因此沒當證物取走。但是哈納特卻留意到它。

赫爾夫婦並非虔誠教徒。哈納特在屋裡看不見任何宗教裝飾物。

更重要的是另一點：那個《STOMP!》貼紙的爪印符號代表遊戲中的獸人族。羅勃特獨鍾使用獸人族角色，從來不扮演天使或惡魔戰士，這顯示他對於宗教——不論是光明或黑暗一面——似乎沒有甚麼興趣。

——大概整個凶殺組只有我會留意到這點吧。

哈納特猜到這本《新約全書》的用途。他自己少年時也用過這種詭計：有甚麼不想給別人發現的東西，例如裸女照片之類，就把它藏在《聖經》，父母絕對不會留意，也永遠不會把你的《聖經》扔掉。朋友到了房間裡，不論多無聊，《聖經》也是他們絕不會碰的東西。

還沒翻開，哈納特已然察覺書裡夾著東西——有白色的紙張，邊緣突出書頁外。

哈納特先翻開第一頁，確定一下這本《新約全書》是否羅勃特本人所的。

扉頁被撕去了。

——也就是說上面有別人的簽名。否則羅勃特沒必要撕掉它。

哈納特打開夾著白紙那一頁。位於在最後面的《啟示錄》。第四章九節與第六章八節之間。

「……當羔羊開啟第二封印的時候，我聽見第二個活物說：『來！』就出來另一匹馬，是紅色的，騎馬的得到從地上奪去和平的權柄，使人彼此殘殺，又有一把大刀賜給他……」

那物件滑下來。哈納特合上書放到桌上，俯身把它從地上撿起。是個雪白的信封，裡面裝著硬挺的紙，似乎是賀卡或請柬之類。信封上沒有寫任何東西，也沒有貼郵票，後面的封口早被撕開。

拿著這個信封時，一股莫名奇妙的惡寒襲擊哈納特，胃裡感到極不舒服。信封裡可能藏著任何東西。那怕是一小粒粉末，也是重要的證據。按照刑警的調查守則，哈納特現在應該做的是把它用塑膠袋密封，送交局裡化驗室或是ＦＢＩ。

當哈納特無意識地把信封裡的東西抽出來時，連他自己也感到吃驚。

——我在幹甚麼？

那是一張對摺的白色硬卡紙。

哈納特深吸一口氣，才敢真的看著它。

Heaven's Gate

「天國之門」

哈納特細看，才斷定這像是賀卡或請柬的封面，那花俏古典字體並不是印刷品，而真是人手以鋼筆書寫的。

——在這個連筆都快要淘汰的時代，會用這種書法的人簡直就是活古董。

這樣的一封典雅的請柬，與羅勃特房間裡的一切都格格不入。他短促的人生，只屬於電腦、槍械、搖滾CD、錄影帶、啤酒……在這小小空間裡，一切物件的存在只有一個目的：讓羅勃特的官能獲得某種即時滿足。這張卡片完全與他不配。

——他卻珍而重之地藏在《聖經》裡。

哈納特猶疑了一會，終於還是把卡片打開。

沒有任何署名。

只有兩行字體。同樣優雅的筆跡。

Lick this Blood of the Lamb（舐此羔羊之鮮血）

To Devote Your Precious Soul（以奉獻爾珍貴之靈魂）

字體下方畫了個箭嘴，尖端指向卡片中央一點紅色的東西。

那是一小滴乾涸了的紅色液體，呈著接近完美的圓狀，看來那液體在凝固之前十分濃稠。

哈納特凝視那滴紅點。

身為凶殺組探員的約瑟．哈納特，十分熟悉這種顏色。他一眼斷定那絕對不是顏料。

第二章 SONG & MOON

四月三十日
紐約市

舞台猶如美國南部某幢內戰時代古老大屋的客廳。地板以灰鉛色的長方木條鋪成，每一塊不是彎翹就是崩缺，因為長期受潮而表面變軟。蒼白的投射燈探照之處，呈現一種彷彿帶著霉味的顏色。

兩個美麗女人推著一張醫院病床，慢慢走到舞台中央，她們披著敞開的醫生袍，袍下只穿著純白三角褲和黑色皮革長靴。光滑優美的麥色胸口與小腹從醫袍開口袒露，輪廓高貴得令人目眩的臉孔木無表情，眼睛藏在那種五十年代鄉村女教師佩戴的黑色粗框眼鏡底下。

病床停放在舞台正中央一刻，四面揚聲器傳來孤冷的日本絃琴。以電子合成器模擬出的古樸琴曲，每記虛構的震絃，都教人想像水中月影的波光流動。

床上蜷伏的病人應和著琴音掙扎而起，雙膝跪在床上，向台下展示她身上交纏糾結的繃帶、紗布與膠管——那些原本用來輸送葡萄糖和鹽水的透明管裡流動著紅色的混濁液體。病人露出了右邊粉紅色的乳頭，上面穿著鏤刻成月亮符號的鍍金鉻環。

病人下了床，在兩名女醫生摻扶下走回後台。冰冷的模擬琴音斷斷續續。

其他病人陸續從後台步出，逐一繞過病床回去，每一個都赤腳走在木板地上。

其中一人全身只穿一條黑色皮革貼身小褲，形狀誘人的盆骨被裹得不能再緊，左臂以三角巾吊在頸下，巧妙地遮掩了胸脯，右手五指戴滿鏤刻細密的金指環，全都以惡龍、太陽和月亮為造型。

另一人穿著黑色薄紗縫製的吊帶長裙，包裹著右手的繃帶沒有縛緊，十多呎長一段垂在地上拖行。當她回轉時露出頸背的衣服——紗裙後面大幅打開，以金色細鏈交錯連結。

更多病人逐一魚貫而出，最後一個只有頭臉包裹紗布，露出的一隻碧綠眼睛格外懾人。她一身雪白的傳統韓服，領口與袖口鑲黑，胸前與背後被大片的東方風格刺繡佔據：密織的金、紅二色絲線構成一叢雲霞，紅日、蒼月與西洋魔幻風的惡龍在雲裡隱現。每走一步，袍服上的魔龍都像在起伏呼吸。

她左右手各牽著一個上身赤裸的健美東方男子。兩人的身材、面孔以至短髮都幾乎一樣，穿著黑綢長褲光著雙腳，嘴角各叼著一枚長鐵釘。

到了舞台中央，女病人盤膝坐到床上。兩個男子解開病床底下的機關，一段鮮紅地毯從隱藏在床底的滾筒吐出來。

男子各自從後腰間皮套拔出生鏽的小鐵鎚，取下嘴上的鐵釘。

琴聲停止。全場靜默。

兩條健壯的手臂高舉鐵鎚。

每記鎚音都震動人心。

鐵釘把紅地毯末端牢牢固定在木板地面。男子把載著女病人的床慢慢拉回漆黑後台，在舞台中央鋪出一條直線的鮮紅。

音樂再度響起，變成三台豎琴合奏的複雜曲調，同樣是冰冷得彷彿不屬人間的電子合成樂。剛才蒼白而強烈的投射燈頓時熄滅，變換成柔淡的金黃光芒，殘舊的木板舞台瞬間變成古老宮殿的廳堂。

另一批風格迥異的衣飾沿著紅地毯登場。

酷似古歐洲宮廷弄臣的紅黑菱形格子紋長裙；燈籠般的黑色高帽，上面釘滿細小的黃金釦飾；模仿中國剪紙手藝的露肩低胸貼身服，剪裁形狀配合美女的乳頭剛好形成黑白太極符號；長及手肘的血紅色人工皮革手套上，不規則的金色拉鍊如傷痕交錯斑駁；漆金的細竹鳥籠囚禁著女子的胸腹，頸肩開口處縫著人造的純白羽毛……

沒有驚嘆聲音。所有觀看者都因一波又一波的視覺衝擊而失神。

猶如高潮來臨前腦海的空白。

最後登場的表演者，包藏在一雙捲合的巨大羽翼間。被潑墨染污的人造白羽毛上，墨跡呈現了一種淒慘的美。

表演者解開機關，富彈性的骨材伸展，全長達兩碼的羽翼左右張開來。猶如墮落天使的男孩，袒露出蒼白瘦弱的上身，下身則穿著以羅馬帝國時代樣式為藍本的寬身裙與皮革涼鞋。支撐背後雙翼的是兩條交叉胸前的皮帶，勒得他皮膚赤紅。男孩亢奮般喘著氣。

觀賞者再也無法克制，一一從座位上站起來。

其他表演者再度出場，包圍著這個已快要站不穩的污穢天使。一雙雙手掌伸出抓住他的羽翼，暴烈地將之撕碎。污染的白羽毛在舞台上紛飛。

觀眾忘我地呼叫鼓掌。有人更興奮得把那部簡約設計的線裝目錄拋往半空——

NEO SPOOKSHOW
at NYC

by
SONG & MOON

SONG & MOON。時裝品牌的名字。

也是兩個人的名字。

□

《NEO SPOOKSHOW》的慶功派對，在紐約市中央公園西側黃金地段的「史坦尼維爾」豪華公寓三十七樓頂層舉行。玻璃天窗半開的屋頂底下，一個個彷彿從時尚雜誌直接跳出來的俊男美女滿場飛舞；香檳與葡萄酒一瓶接一瓶地打開；現場ＤＪ手指底下的黑色唱片，旋轉釋出令人失去時間感的混音節奏；當然還有各種藥物……

派對的主人很滿意這一切。

宋仁力完全放鬆他胖壯的身軀，陷入圓形的純白沙發裡，粗框墨鏡掩蓋著他的眼神。滿佈鬍鬚的嘴掛著自豪的笑容。

他右手握著酒杯，裡面半浮在威士忌上的冰塊正緩緩消融，發出細細破裂聲。那隻握杯的手掌長滿厚繭，就像煤礦工的手一樣——今夜展出的共一百二十七件「SONG & MOON」首飾作品，還有他此刻戴在頸項、耳垂和雙手指間的各種黃金及純銀鍍鉻飾物，皆是他親手冶鑄、雕刻和加工而成。

「終於結束了……」宋仁力喃喃自語，搔搔自己刮光了的碩大腦袋。

「躲在這裡幹嘛？」一個頭髮往後梳得光亮的中年男人坐到旁邊：「這樣的派對，花了這麼多錢，你自己卻不享受！」

宋仁力不必抬頭，光聽聲音就知道是誰。丹尼·默納爾，跟他長期合作的髮型師。宋仁力其實並不喜歡默納爾這男人——濫交、酗酒、古柯鹼他沒一樣缺少。但這傢伙的剪刀造型功夫，倒是貨真價實。

「是有點累啦……」宋仁力沒好氣地敷衍她。

「提起精神來！今次演出，簡直他媽的把那些編輯嚇得失禁了！不信你看看！」

宋仁力隨著默納爾的視線看去，在人叢中找到妻子的身影。

身材高瘦修長的文貞姬，穿著跟丈夫同一款式的黑寬袍，正被時尚記者包圍訪問。這是常見的情景。天才時裝設計師，本人也美得像模特兒，媒體愛死這種人物。

文貞姬那張雪白高傲的臉如常地冷漠，蹺腿坐在高椅上的姿態就像女王，兩條細眉豎得高高，有一句沒一句地回答。

宋仁力看在眼裡，臉上不由掛起跟妻子同樣的冷笑。同樣就是這幾本最暢銷雜誌的編輯，不久之前才預言，他們夫妻自資舉辦的《NEO SPOOKSHOW》，將是一次「事業自殺」。

「現在他們沒話說了吧?」默納爾拿出薄荷菸來點火:「不過話說回來,你們也真夠膽識:花一整年時間籌備,一夜之內展出別人足夠三季用的款式……其他那些笨蛋,想學也學不來!今夜之後,『SONG & MOON』要正式登上第一線品牌了!」

宋仁力得意地搔搔下巴鬍鬚:「這是以後的事啦。現在我只想跟貞姬好好放個假。這次實在把我們的靈感耗光了。」

「這個嘛……也許我能夠幫忙。」默納爾那雙浮突的眼睛突然露出神秘眼神。他從褲袋掏出一隻白信封:「這是我最新搞到手的東西,是現在地下流傳很盛的極品呢……有人說那股快感,就像回到母親子宮一樣!怎麼樣?要不要試試?說不定會刺激起你們的新靈感……」

「你知道我一向不碰這些東西。」宋仁力鐵青起著臉。他脫下墨鏡,露出一雙細小但明亮的黑眼睛,還有右眼角那道吋許長的傷疤——從前在漢城街頭,鎮壓學生示威的防暴警察送給他「紀念品」。「你也最好戒掉。看看鏡裡自己的樣子吧。」

「我可沒打算活到九十歲。」默納爾因為嗑藥太多而失控的鼻水流下來,他迅速掏出手帕抹去,繼續咧開大嘴說:「你們真是對怪物夫妻。時尚行業就是個童話世界嘛。所有最美麗最刺激的東西就在我們身邊四周。但是你們碰也不碰。連車子也開那種笨笨的四驅爬山車……」

「我告訴過你，那是因為我們常常去渡假……」

「但是從來沒有拍過照片回來！」

「不用拍照……」宋仁力微笑，摸摸掛在他胸前的其中一條項鍊：「我們帶回來的，是更珍貴的紀念物。」

默納爾仔細看那條項鍊。宋仁力身上所有飾物裡，唯有它不是他的作品。那是一條式樣簡單的銀鍊，上面掛著一支不知屬於何種動物的獠牙。

就像心靈相通一樣，坐在大廳另一頭的文貞姬，也不經意地撫摸著自己頸上另一條式樣相似的項鍊。

「這條項鍊……好像跟『SONG & MOON』的風格不太搭調啊……」其中一個記者疑惑地問。

「不。這是旅行紀念品。」文貞姬把那支獠牙收回領口內。「也是我們夫妻靈感的來源。」

記者們聽見這句話，馬上又把頭湊近一些。但文貞姬只是神秘地微笑，拒絕再解釋。

派對的高昂氣氛持續。空氣裡彷彿也透著酒精氣味。模特兒輪番鑽進浴室，出來時鼻底下都是一片通紅，有的仍沾著白色粉末。

好不容易才擺脫記者的文貞姬找到了丈夫，一頭栽進那沙發。宋仁力輕鬆把她抱入懷裡。默納爾早就走開，去找尋他今夜的獵物。

幾個男模特兒從派對開始時就一直盯著文貞姬，至此才死心嘆息。他們自從《NEO SPOOKSHOW》彩排開始就在打她的主意——半是為了獲得更多工作，也有一半是真的迷上她。但是許多次試探和挑逗都只像碰上水泥壁。他們無法理解。這對堅貞的「美女與野獸」，習性與這個華麗世界的慣例格格不入，但他們偏偏卻如此成功……

「是放假的時候了。」文貞姬跟丈夫說話時，語調比剛才面對記者輕鬆得多，甚至有點像個小女生。

宋仁力輕輕親了親妻子嘴唇，又用鬍鬚刮她的臉頰：「嗯……」他的手指從她衣領內挾出那枚獠牙。隔在墨鏡底下眼睛發出光芒：「真正的『假期』……」

突然他發現懷裡妻子的身體變得僵硬。

文貞姬臉色發青，牙齒緊咬下唇。

「貞姬，怎麼了？妳感覺到甚麼嗎？」

她點點頭。

「邪惡的……」

慘叫聲撕破大廳空氣。接著是玻璃碎裂的聲音。

宋仁力的胖軀瞬間像貫滿某種剛銳力量。他迅速把妻子放到沙發旁，身體一彈而起大步跨出，往慘呼的來源處奔去，途中靈巧地從十幾人的空隙間曲折閃躲而過，竟然連一人的衣服也沒沾上，在眾人眼中快得就像一團黑影。

俯跪在客房床上慘叫的是模特兒卡露娜——在《NEO SPOOKSHOW》裡穿著鳥籠的表演者。那張令台下觀眾震懾的美麗臉蛋，此刻插著十幾片碎玻璃。纖細的左臂反扭到背後，折斷的橈骨刺穿皮肉。迷你裙被捲高，撕破的蕾絲內褲掛在一邊大腿上。一個男的緊抓著她的金髮，正猛烈地從後侵犯她，發出渾然忘我的嚎叫。

宋仁力看背影就認出來，是默納爾。

結滿厚繭的右掌握住默納爾後頸，硬生生把他凌空揪起。床上的卡露娜軟癱倒下。默納爾反抗的力量在宋仁力意料之外，簡直就像頭失控的野獸，手腳狂亂地朝宋仁力抓打踢擊。宋仁力卻全都巧妙避過。

「我對付過比你還要瘋狂十倍的怪物啊……」宋仁力微笑著把默納爾按到地上，以自己超過二百五十磅的身體壓下去。默納爾的身體呈大字形貼伏著動彈不得。他繼續發狂掙扎了十幾秒，突然就像洩氣的皮球般靜止下來。

「你這傢伙嗑了甚麼藥？」宋仁力把默納爾的身體翻過來，捏著他的臉頰細看。

默納爾雙眼翻白，臉色卻紅透，似乎不像藥物過量的模樣。

宋仁力嗅到一種氣味。

一種普通人不會留意，而他卻十分難忘的氣味。

來自默納爾張開的嘴巴。

——是……**那種東西？**

從默納爾褪下了一半的褲袋裡，宋仁力找出剛才見過那個白色信封。

信封裡是一張近似請柬的卡片。

古雅的字跡——「天國之門」。

請柬打開了。

舐此羔羊之鮮血

以奉獻爾珍貴之靈魂

箭頭指向的那點紅色東西。表面微微化開，似乎不久前才被人舔過。

宋仁力把請柬拿近鼻端嗅了一記，然後像受了甚麼強烈刺激地閉目仰首。

同樣的氣味。

他回過頭。房門外擠滿人，文貞姬就站在最前面。他興奮地朝妻子露齒而笑，手指把玩著那封請柬。

——這就是我們「假期」的入場券。

同日

《奧斯丁先鋒報》

神秘自殺探員昨舉殯

【德州・科爾森堡二十九日電】上週調查學校槍擊事件期間離奇死亡的地方探員，昨日在德州奧斯丁市南郊墓園下葬。同日警方公布初步調查結果，相信死因是自殺，動機未明。

約瑟・哈納特生前為德州科爾森堡警局凶殺組新進探員。四月二十日爆發「佩茜拉紀念高校槍擊案」兩天之後，哈納特奉命往行凶槍手之一羅勃特・赫爾的寓所進行調查，其間卻從赫爾的二樓臥房窗戶躍下，頭部先著地，因頸骨折斷而死亡。

警方昨日公布初步調查結果，化驗顯示哈納特遺體並無任何受藥物、酒精、化學品等影響的跡象。據報事發後赫爾的臥房內一片混亂，明顯被人大肆破壞。事發之際哈納特正單獨在房間內搜集證物。

佩茜拉紀念高校槍擊案中共有三十三人死亡，當中包括兩名飲彈自殺的槍手赫爾及簡尼夫・麥克諾頓……

第三章
十二人審判會

「……吾主又如此說：因你不願流兒女的血獻給迦勒蛾人，我就要審判你。我因忿怒忌恨，使飢渴的罪歸到你身上。我又要將你交在他們手中，他們必毀壞你的花園，剝去你的衣服，奪取你的華美寶器，留下你赤身露體。他們也必帶多人來攻擊你，用石頭打砸你，用刀劍刺透你，用火焚燒你的房屋，在許多婦人眼前向你行淫……」

《永恆之書・誡命記》16:35-41

同日
地球某一角落

圓頂殿堂四周的石砌牆壁，纏滿了乾枯的樹根和藤蔓。不知從何處縫隙吹來的柔風，微微搖晃上方的巨大燭燈。焰光掩映不定。

古舊的木圓桌中央置有一個銀盤，上面平放了一封雪白的請柬。

室內一股滲心的寒冷揮之不去。圍坐於圓桌前的十二人卻沒有呼出白氣。他們不需要呼吸。

十二人穿著同一樣式的寬身黑色斗篷，有如中世紀歐洲聖堂的修士，連手掌也藏在袍裡。帽子底下戴著同樣的黑色天鵝絨面具，只在雙眼處開了洞孔，並在洞上覆了一層黑色薄紗。十二人從頭到腳沒有一吋暴露在外。

彷彿一群浮在殿堂暗影裡的幽靈。

每個人左胸上以紅色油漆寫著一個阿拉伯數字，從一到十二，這是他們之間唯一的識別，也是他們在這座殿堂裡使用的名字。

這一切都是許久以前訂下的規範，一直沒有改變。不是關乎信任的問題，而是先賢們早就洞察了權力集中的可怕。為了防止權力結合，最徹底的方法就是把當權者隔絕。他們每一個人只向自己代表的「氏族」負責。權力分散就是存續的關鍵。

生存。不是權力、不是財富。永久的生存。這才是「公會」成立的唯一目的。

「三號」伸出戴著黑色手套的修長手掌，把圓桌中央那請柬拿過來，以指頭撫摸上面「天國之門」的古雅字跡。

「是屬於他的。我認得。」語聲優雅而陰柔，無法分辨是男是女，卻聽得出其中夾帶的憐憫與悲傷：「六百年前我讀過他的親筆字跡，至今仍沒有忘記。當然那時候他寫的不是這樣的英文，而是拉丁文。」

「好漂亮。」「七號」說話時有霧氣從面具底下透出，他的聲音跟「三號」聽起來很相似，也許是因為同樣隔著面具：「他是個多麼出色的男人……」

「在座沒有人會反對你這句話。」「十號」的聲音比較低沉和具威嚴，斗篷底下的肩膊顯得寬橫：「我們都認識他，或是聽過有關他的事蹟。他是個不折不扣的英雄。」「十號」頓了頓，然後一拳打在桌面：「但是現在我們也不得不承認，一百五十年前的審判裡，我們犯下多麼嚴重的錯誤！以一個英雄來看待他。那是無知的仁慈；放逐一個反叛的英雄，是一種愚蠢而無力的懲罰方法！」

「我以為他早已領受『第二次死亡』。」「三號」把請柬放回銀盤：「原來他仍然完好，甚至還沒有放棄他的野心……這封『天國之門』就是證據。」

「以『天國之門』來集結殘餘的力量。這個方法他應該很早以前就知道的啊……」「九號」是十二人裡最矮小的一個，聲音也比較尖銳：「為甚麼要等到現在才發難？」

「也許是因為上次倫敦的事情……」「十號」回答：「我們最後、最可怕的武器──『默菲斯丹』的秘密外洩了，又失去兩名精銳的『暗殺者』。他也許認為，我們變得比從前軟弱了。」

「那次事件確實大大折損了我們的威信。」「三號」點頭同意：「還有最近幾年出現了

『達姆拜爾』獵人的傳聞，會不會也有點關係？」

「那只是沒有根據的謠言。」「七號」說。「我半點也不相信……」

「十號」打斷他：「無論如何，阻止他的『天國之門』才是眼前最重要的事。也許現在已經太遲；也許那些隱伏的異族遺民，已經開始聚集了。我們必須行動。」

「再派出『暗殺者』吧。」

「千葉和克魯西奧已經是『動脈暗殺者』裡最強的兩人。連他們也失敗了，我們還能派誰？」

「可以增加人數。就派十個。」

「索性派出半數的『暗殺者』吧……嘿嘿，出動雙位數目的『暗殺者』，這可是五個世紀以來沒有發生過的壯舉！」

「但是不要忘記：讓這麼多『暗殺者』集結在一起，對『公會』本身也是一種威脅。」

「這是戰爭！不可以拘泥於政治風險……」

熱烈的討論聲音，在殿堂石壁間迴盪。

打斷這種無益爭辯的，是一直沒有發言的「一號」。

「慢著。你們把最重要的事情忘記了。」「一號」說話很慢，但極具震懾力：「我們這個『審判會』的首要目的，是向他作出裁決。也許你們心裡都已經有了答案，但我們還是必須進行一次正式表決——只有『公會』擁有處決同類的決定權。這是絕對不容濫用的權柄，必須慎重地使用。」

十二人沉默了好一會。

「好了。大家都冷靜想過了沒有？現在是表決的時候。」「一號」從椅子站起來，右手按著胸口心臟的位置。「為保障我等族裔之生存，排除可能之危險，現表決如下：是否處決魯道夫・馮・古淵，斷絕其寶貴的永恆生命？同意者高舉左手。」

十二隻左手毫不猶疑地一起舉起來。

「決議如下：處刑。願其靈魂於黑暗中安息。」

第四章
P.R.T.

同日

北卡羅萊納州　巴拉傑堡

彼得遜上尉知道，那個房間已經存在好一段時日。

然而直至最近他才真正開始留意它。

房間門上沒有部隊或軍官名字，也未標示房間的用途，只有一張Ａ４大小的普通白紙，四角用膠帶黏著。上頭粗糙地印著黑色的字體：

彼得遜上尉從沒聽過，陸軍裡有哪支部隊或小組的名字縮寫是「ＰＲＴ」。

當然，他沒聽過不代表不存在。這裡是巴拉傑堡，美國陸軍的王牌特種部隊「綠扁帽」的誕生地。

特種戰跟間諜情報戰一樣充滿了秘密——包括大量無關痛癢、小題大作的秘密。武器測試、保安程序、編制更改……許多所謂「機密項目」的壽命不過幾個月，然後就像氣泡般消失。有的因為撥款不足無疾而終，也有的被民間技術趕過而變成垃圾。

彼得遜一直沒有對那個房間多加留意。在他記憶中，從來沒看見任何人從那個門口出入。

彼得遜剛完成今早的單獨訓練。在「綠扁帽」二十一年裡，他堅持每天額外練習手槍射擊最少三百發。那柄愛用的「柯爾特 M1911」此刻就在他腰際。他知道在部屬眼中，這東西簡直就是古董——即使這已經是現代化版本。但彼得遜不理會。「柯爾特」是在無數戰場上歷經考驗的武器，而且論殺傷力絕不輸給任何新式東西和歐洲貨。

彼得遜把墨綠軍服的袖子捲起，露出二十吋粗的上臂。軍服被他厚實的胸膛和肩膊撐得滿滿。他拿著已喝了一半的咖啡，步向通往後勤部門的五樓走廊，又再經過「ＰＲＴ」的房門。

那房間位於走廊一個凹陷的位置，毫不起眼。彼得遜記得那裡原本是儲存清潔用品的雜物間。房間位於整座訓練中心的中央部分，沒有半個窗戶。按道理誰也不會拿它作辦公室。

門上那三個字母究竟是甚麼時候貼上去的？半年前？一年前？他忘記了。

他在房門前停步，仔細看看黏在門上那張紙。膠帶已泛黃，看來確實已經黏上許久。

彼得遜略把臉湊近房門。沒有任何聲息。

彼得遜特別對這個房間好奇，是因為最近發生的兩件事情。

首先是三個多月前，他奉召回到五角大廈的「特種戰司令部」，呈交一份有關採購新槍械的意見報告。他討厭這種文案工作，寧可留在巴拉傑堡跟那群猴子部屬做例行訓練。然而命令就是命令，他只好把那三天旅程當作短假期。

在司令部並沒有發生甚麼特別事情。把報告讀了一遍，回答將軍們幾個問題後，他就獲准離開了。

就在五角大廈E棟的走廊裡，他發現那裡也有個一模一樣的房間。同樣普通的一張白紙，用同樣的膠帶貼在門上，也是那三個字母：「PRT」。

然後是一個月前發生的第二件事：他的D連裡新來的小子漢斯．戈普爾突然被調走。戈普爾是典型的「電腦遊戲時代」士兵，手眼協調棒透了，手槍及衝鋒槍的近戰射擊成績長居隊上第一名。握著「MP5」時簡直精準得像機器人。

他才剛完成六個月的「綠扁帽」基礎訓練，來到D連不到十個星期。除了極優秀的射擊能力外，他的各種野戰技術和經驗都仍然不足。彼得遜頗喜歡這個極具潛力的男孩，可是要當上正式的突擊手，最少是一年後的事。

——誰要把這樣的嫩小子挖走？

上級表現得神秘兮兮，沒有透露戈普爾被調到哪個單位去，更不容彼得遜爭取挽留他。在與上級的對話裡，彼得遜嗅到異常的「味道」。

戈普爾的調職書就擱在上級的辦公桌上。彼得遜偷偷瞄見，上面竟然有陸軍特種戰司令的簽名。內容間還有這樣的縮寫：「PRT」。

彼得遜搔搔已半白的頭髮。甚麼是「PRT」？「RT」兩個字母倒容易猜，大概不出「拯救部隊」（Rescue Team）或是「反應部隊」（Response/Reaction Team）。可是「P」呢？「政治」（Political）？跟戈普爾這樣的年輕新兵實在沾不上邊。「後備」（Provisional）？這聽起來毫不重要，沒必要特別挖角啊。戈普爾的家族裡沒有軍官或政客，沒需要給他甚麼特權待遇。

彼得遜微微搖頭，正想舉起紙杯喝一口咖啡時，房門突然打開。

彼得遜的臉本來就湊近房門，不禁感到危險。長久訓練下培養出的反應動作，不必經過思考就發動。彼得遜右手鬆開，摸向腰間槍柄。

紙杯跌了下來。

一隻枯瘦手掌從門縫裡伸出，剛好把紙杯接著，咖啡沒有濺出半滴。

彼得遜並沒有真的握住槍柄，剛才只是條件反射而已。這裡是「綠扁帽」的基地，他的第二個家，沒有拔槍的需要。

他悚然看著這隻握杯的手掌。

最令彼得遜驚訝的是：剛才這手掌的動作並不特別快，只是很自然地把紙杯接下來。

——自然得就像左手把東西交給右手一樣。

門縫沒有透出半點亮光，房裡一片漆黑。彼得遜看不見手掌的主人。

手掌仍然握著紙杯，一動不動。

彼得遜把紙杯接過來。

「謝謝……」

在接杯時彼得遜輕微接觸到那手掌，異常地冰冷。

房門打開來。

站在彼得遜眼前的是個看來四、五十歲的男人，穿著一套極普通的黑西裝、白襯衫和窄窄的黑領帶。身材同樣普通，比彼得遜矮了一個頭。臉頰和手掌一樣乾瘦，鼻梁上架著一副塑膠框的墨鏡。

在沒有燈光、沒有窗戶的密閉房間裡，戴著墨鏡。

彼得遜留意男人胸前掛著的識別證明：是「全級別通行」的證件，沒有照片，名字一欄只填縮寫「A.D.」。

「有甚麼事情嗎？」男人的聲音如金屬磨擦般粗啞。

「你……」彼得遜不知如何應對，只好岔開話題，「不用開燈嗎？」

「我一個人時沒這個必要。」男人咧嘴笑了笑。彼得遜覺得那笑容像哭泣般難看。

男人把墨鏡略往上抬，露出了眼睛

或者說，是仍然可稱為眼睛的部位。

兩個像被火焰燒灼過的空洞。

「對不起……」

「還有甚麼事情嗎？」墨鏡重新戴好，掩蓋了傷疤。

「沒有……」

門輕輕閤上。

彼得遜呆呆站在原地。他感覺腋下和背部滲滿了汗。

他低下頭看著手上的紙杯。

咖啡已經冷掉。

第五章
十六夜　無音

五月二日
加州　五號州際公路旁　拉斯佛洛里斯

一臉落腮鬍鬚的史葛．朗遜，呆呆地坐在「車輪酒館」最裡頭，面前餐桌上是半塊冷掉的牛排和已變溫的啤酒。

朗遜從防風外套口袋裡掏出止痛藥瓶，往掌心倒出三顆，和著溫啤酒吞服，然後徐徐燃點了一根菸，深深吸進一口。

他瞧著酒館裡陰暗的情景，想起自己還是聯邦探員的日子。無數次在這種鳥不生蛋的陌生地方過夜，一站又一站地追著一點點線索，就像獵犬一樣……

還沒過十二點。酒館裡只剩五、六桌客人。幾個滿臂紋身的機車族正在打撞球和彈珠檯。兩個坐在吧檯的中年人看來是本地農夫，喝得臉頰紅通通——還是他們的臉本來就曬成這種赤紅？一個長駐這裡的老妓女，鮮紅背心底下兩顆乳房下垂得像腫瘤。另一邊有對沒錢喝酒的少年男女就伏在桌上睡覺。那女的露出兩條瘦弱手臂，皮膚呈不健康的蒼白。大概是離家出走加上吸毒吧。

朗遜苦笑。

——職業的老毛病又犯了。你已經不是執法者，現在只是個生意不佳的私家偵探。

他下意識摸摸身旁椅子上平放那個公文袋。

——這東西。本來以為已經永遠成為過去，想不到還有人要看。

酒館大門打開，外面淅瀝的雨聲傳進來，蓋過正在播放的鄉村歌曲。

所有人視線都轉向門口，包括肥胖的老闆兼酒保。這個時候才進來「車輪酒館」？記憶中最近五年裡不曾有過這種稀客。老闆皺著眉想，大概是哪個發神經的流浪漢想進來避雨吧？要是太臭太髒的話，還是得狠下心趕走。他摸摸櫃檯底下，球棒仍然安在。它是「車輪酒館」唯一的保安系統——這種爛地方，連槍都不需要。

進來的是個矮小身影，乍看像個孩子。濕淋淋的黃色斗篷雨衣，把身軀從頭到腿包住，只露出一雙沾滿泥濘的破舊軍靴。身後斜斜揹著一個又長又大的黑色旅行袋。

那人一步一步踏著破舊的木板地，走往酒館中央，身後遺下一行雨水漬。昏暗的燈光下，無法看見帽子內的臉孔。

那人經過撞球檯，沒有朝那幾個機車族看半眼。其中最壯碩的那個機車族拿著球桿，刻意走過來擋在那人跟前。他叫泰利，是這夥人的領袖，一頭金色長髮束成馬尾，頭頂已經微禿，黑色皮革背心展露出兩條碩壯的臂膀，兩邊肩上各刺了個骷髏圖案。

泰利假裝沒看見來人，高高地翹起屁股，伏在撞球檯上瞄準，把那人的去路完全封住。下一刻，那人卻已越過泰利繼續前行。所有人包括泰利都愕然。這麼多雙眼睛竟然都沒法看見，那人用了甚麼方法閃過泰利的身體。泰利身上也沒沾上半滴雨水。

那人走到史葛・朗遜的桌旁才停下腳步，把背上旅行袋卸到桌上，輕輕坐在朗遜對面。

朗遜緊張地把菸弄熄。

「妳回來了……」

那人點點頭。

朗遜直視那人斗篷內的臉。一個很年輕亞洲裔的女生。黝黑而瘦削結實的臉，有一股刀鋒般逼人的冷漠。五官無疑美麗而細巧，卻彷彿被囚禁在那過於剛強的氣質裡，難於表達任何情感。

她的臉頰滴著水珠。然而這樣一個女生，無法讓人因此聯想她哭泣的樣子。

這個女孩的心比誰都要堅硬——這是朗遜初次跟她見面時的印象。那是兩星期前，她突然造訪他在芝加哥的偵探社的時候。

「找到那些墳墓了嗎？」朗遜問。

女生無言打開桌上的旅行袋，從裡面拿出一個長條狀的粗布包裹。那塊布污穢不堪，已無法分辨原來的顏色。

她把布包一端解開，露出一截黑色的東西。是柄日本武士刀的長柄，金屬部分滿佈鏽漬，上面交叉裹纏的黑布條已經霉爛。

女生俐落地把固定刀柄的楔釘拆下來，手腕略一用力，拔除了木柄，露出內裡金屬的刀脛。

刀脛因為有木柄保護，鏽漬明顯少得多，上面有行小小的直排文字銘刻。女生細小的食指撫摸著那六個刻字：

唵嘛呢叭咪吽

朗遜看不明白這六個漢字，但他知道這柄武士刀屬於誰。他永遠記得，一九九七年那夜目擊的情景。

「還有……遺骸呢？」朗遜問。

女生從旅行袋裡又拿出一個小紙包打開。裡面是三顆濁黃色的、像某種結晶物的圓珠。

「這就是……他的遺體？就只餘下這幾顆東西？」

女生無言把紙包和武士刀收起，統統藏回旅行袋裡。

「妳要的資料，都在這裡了。」朗遜把身旁的公文袋拿出來。

她接過打開，掏出一個文件夾跟一個小型錄音機。女生首先拿起錄音機，按下「播放」鍵。

「……簡直難以相信……」是朗遜的聲音，背景夾雜著颯颯風聲，但仍然聽得出他當時震驚的情緒。

朗遜忍不住又拿出菸來點火，拈著菸的左手微微發抖。他每次重聽這卷錄音帶時都是這種反應。

「……血和慘叫……那個光頭的東方男人，頸背的皮膚給撕下來了！他的痛苦……這實在無法想像……」

女生依舊沒有表情。

「這些都給妳吧。不用還我。」朗遜吐著煙霧說。「可是請妳保密。要是ＦＢＩ知道我保留著這些東西，我鐵定要坐牢。那時候我並沒有把它們呈報上去。沒有人會相信我。他們會把我當做瘋子。那個慘案就是這樣不了了之。案件歸檔以後不久我就辭職了。腦袋一片混亂，我無法再運用常理邏輯來辦案……很可笑吧，人的心竟是如此脆弱……」他說著時把一根菸很快抽完，又再接上另一根。

女生打開那個文件夾。最上面的是一張通緝令。放大的「WANTED」字樣上方是一張照片。

「我看見……」錄音機繼續轉動：「好像是吸血鬼的東西……」

尼古拉斯・拜諾恩

高度危險人物。一九九七年十月十六日涉嫌於亞利桑那州漢密爾頓市郊屠殺九人……

女生毫無感情地瞧著拜諾恩的照片良久，然後把文件夾合上，又關掉了錄音機，將它們全部收進她那大旅行袋裡。

「我還以為這一切已經過去。現在的我，不過是個專門調查婚外情的二流偵探。我從來沒打算把這件事情告訴別人，直到那一天妳來找我……妳不用付我任何費用。對我來說這次不是工作。我很高興，有人把我這個可怕的秘密帶走。」

女生站了起來，伸出手掌。朗遜握住那細小的手掌。出奇地溫暖。他感到掌心傳來一種難以言喻的安慰能量。

女生直視著朗遜。他感覺她已盡力表現友善，但是那雙眼睛還是透出一股無法隱藏平復的強悍，細薄的唇片緊抿著。

她提起旅行袋離座而去。朗遜則鬆了口氣，大大呼出一口煙霧，彷彿放下多年重擔。

女生再次經過撞球檯之時，泰利早就盯上她。球桿橫在她跟前。她止步。

「妳連酒也不喝一杯嗎？」泰利笑著走近女生：「每個客人都這樣的話，老闆可要賠本了。」

「泰利，別找麻煩。」老闆隔著幾張桌子喊叫。可是他知道沒有用。剛才泰利在眾目睽睽下出了醜，不會輕易罷休。

「閉起你的鳥嘴，臭老頭！」泰利轉過來向女生說：「最少也讓人看看你那張醜臉，我才會放你走……」

仍坐著的朗遜摸摸藏在外套裡的左輪手槍。他絕對不想為了這種混帳機車族而出手。

——可是這麼嬌小的女孩……我從前好歹也是個執法者啊……

女生把斗篷雨衣的帽子褪下來。

除了朗遜以外所有人都愕然。女生剃了個光頭——正確說是蓋著一層剛生出來的薄髮。後腦有個巴掌大的墨色符號刺青：

女生突然暴露的美麗臉孔，讓泰利看呆了，直至看見她悍厲的眼神才回過神來。

「呵呵，原來是個女的……妳知道『車輪酒館』的規矩嗎？凡是女的進來，都得陪我喝一杯！」泰利側身細看她後腦：「妳也喜歡紋身嗎？好極了，妳的這個刺得不錯哇。既然大家有共同興趣，今晚可得好好聊聊……」

泰利的手伸向女生下巴。

當觸摸到女生皮膚的瞬間，泰利看見她的眼睛裡燃起兩朵暴烈的火焰。

「不要碰我！」

泰利彷彿聽見自己的腦海裡出現了這句吶喊。

沒有人看見發生了甚麼，只知道泰利二百磅的身軀就這麼一瞬間躺了下來。在這個體重還不及他一半重的嬌小女生面前。昏迷的臉紋絲不動，眼睛都翻白了。頭臉或身上沒有任何傷痕瘀腫。

「又是這種魔法……」朗遜瞠目結舌地站起來。「跟那夜看見的一樣……」

女生把雨衣的帽子重新拉上，揹起旅行袋，在眾人驚異的注視下，一步一步踏著軍靴走出酒館大門。

她的背影迅速消失在驟雨中。

第六章
原宿歌德少女

五月二日
亞利桑那州　鳳凰城市郊　天堂谷區

黑羽里繪把「SONG & MOON」的紙袋抛到汽車後座。她把後照鏡調整到正對自己，仔細檢查臉上的化妝。

鏡裡的里繪狡黠笑著。

——這身裝扮必定令拜諾恩大吃一驚吧？

她的黑直髮比從前蓄長了，散在兩頰旁。塗上了灰藍色的眼影和唇膏。臉倒不必塗粉，她本來就遺傳了美國母親的白皙。

服裝比較難找。假如在東京就容易得多——隨便去一家專賣 Cosplay 或者歌德蘿莉風的服裝店，就找得到她想穿的。現在買到的「SONG & MOON」黑絲連身短裙、高跟鞋和配飾，花掉了里繪一半的財產。最近三頓飯她都只吃漢堡。

「不要再用入侵電腦來賺錢了。」里繪還記得在倫敦地底分手時，拜諾恩對她這麼囑咐：「不管在虛擬還是真實世界，偷別人東西就是不對。」

於是一個震驚駭客圈的消息傳開了：大名鼎鼎的 PH@XQ!Z（速吻）被「招安」了，成為「白帽駭客」〔註〕。

接連完成了幾件系統保安顧問工作後，里繪覺得這種賺錢方法其實也不賴。她感到自己好像長大成人了。

但是也不能再像從前那麼揮霍了。添置最新器材時，也不能再用盜取的信用卡卡號，或是更改別人的訂單，付每分錢都是自己用勞力賺來。這帶給她一種以前沒有的踏實感。

幾天前在「SONG & MOON」專賣店付款時，她也心痛了好一陣子，幾乎忍不住就要重施故技了——那張「特別」的 Visa 卡還藏在她錢包裡，以備緊急所需。但這些錢是值得花的，她想。在試衣間鏡子前，她看見一個完全不同的自己。就像進入連線ＲＰＧ的瞬間，變成自己理想中的化身。她幾乎捨不得把裙子脫下來。

——他……會喜歡嗎？

回來美國是一星期前的事情。知道ＦＢＩ已經暫停對自己的調查後，她馬上就訂了機票。目的地：鳳凰城。

她知道拜諾恩在這裡，因為她知道慧娜．羅素住在這裡。

「我要回去找一個很重要的人。」

里繪當然猜得出拜諾恩要找的是誰，她看得見他說這句話時眼中的光采。

要查出拜諾恩舊愛人的身分，對里繪來說就像計算加減一樣簡單。尼古拉斯・拜諾恩，幾年前轟動的「漢密爾頓市郊大屠殺」的主角，有關他的背景資料在網路上不難搜尋。當然其中大部分都是互相轉載的重複資料，但是只要花一點點耐心，很容易就能找到有用的東西。

首先確定的是拜諾恩芝加哥舊居的地址，再搜尋是否曾有人申報住在同一地址——日期限於「漢密爾頓」事發前五年內。

她發出去的 bot 帶回來一個名字慧娜・羅素，還連同駕駛執照號碼。對於里繪這樣的駭客，要掌握一個素不相識者的個人隱私資料，就是這麼簡單。

接下來她很快就找出慧娜現時的居所：寧靜的鳳凰城東北市郊天堂谷區。

正是里繪此刻隔著車窗看見的這幢房屋。

屋前窗戶亮著燈。她看不見裡面有人。但她知道拜諾恩在裡面。

註：White-hat Hackers，指受僱於企業、爲其測試和尋找系統安全漏洞的合法駭客。相對以非法及惡意目的入侵系統的，則稱爲「黑帽駭客」。

初來亞利桑那州時她覺得舒服極了。比起陰鬱潮濕的倫敦，這裡的陽光簡直像是上帝的祝福。但現在她只覺一陣悶熱，還有點口乾舌燥。握著車門把的手掌都濕了，卻始終無法打開它。

——我在想甚麼？只是見見老朋友而已，又沒在期待甚麼……

經過上次「開膛手傑克二世」事件的冒險後，里繪的心久久未能平復。這個全身帶刀的神秘男人，讓她看見一個從沒有想像過的奇異世界，那強烈的刺激感，與她對拜諾恩的想念混在一起無法分開，他每次想到他都會心跳加快。

——我原來跟那種喜歡坐機車尾的女孩沒有分別……

她幾乎忍不住就要將化妝一把抹去，把車後座那紙袋拿過來，換回裡面的皮夾克跟牛仔褲，馬上開車離去。

——我這不是像個傻瓜嗎？……

心裡掙扎了好一會，里繪終於找到藉口給自己：

——我要看看，尼克喜歡得連生命都可以不要的是個怎樣的女人。

——最少也要看一眼。

按門鈴前，她的手指頭停在半空中幾乎整整半分鐘。

——尼克會怎麼想？……

分別之前她送給他一副掌上型電腦，但他一次也沒用過，連電子郵件也沒寄過一封。這是最令里繪生氣的事。也許正是因為生氣，她回來美國第一個就找他。

里繪調查過慧娜的生活狀況：信用卡帳單、汽車登記、網路上的訂單……怎麼看都像是兩人同居。但是沒有任何其他人報住這個地址。慧娜的同居者像個隱形人。

當然了。難道一個凶殺通緝犯，還大搖大擺去拿失業救濟金嗎？

——這就是他不跟我通信的理由吧？他開始了新的生活。浴火重生的鳳凰？死後回到了天堂？鳳凰城天堂谷——他是特意選這個地方定居的嗎？

門鈴響起。

——開門的會不會就是他？

不是。隔著玻璃外門出現的，是個比里繪還要嬌小的身影。

「你好……有甚麼我可以幫忙的？」

於是里繪看見了拜諾恩日夜想念的女人。

慧娜的膚色明顯比從前更深，原本有點蒼白的臉現在透著健康的緋紅，棕色直長髮束成馬尾，露出巧薄而美麗的耳朵，瘦削的雙肩撐著一件寬闊的白色T恤。

里繪看著慧娜的臉，說不出話來。

我要是男人，也會希望有這樣的女人作妻子吧。一副讓人一見就有種安慰感的臉——

日本現在流行把這種叫作「療癒系美女」。資料上寫三十三歲，可是臉上看不出來。是屬於那種到了四、五十歲還會很好看的類型。

「我……」里繪結巴了好一會，才說出預先想好的台詞：「我的車子壞了，妳可以幫忙嗎？」

慧娜最初有點愕然——一個打扮古怪得像古典洋娃娃的年輕女生，突然出現在家門前。但她的表情很快就變成讓人心安的微笑。她打開玻璃門。

「當然可以……妳累不累?先進來休息——」

一團小小黑影從門縫閃出來。里繪馬上認出牠，俯身一把就把牠抱在懷裡。

「波波夫！」里繪搔撫黑貓的頭頸：「好久不見啦！」

慧娜好奇地看著他們。黑貓似乎確實認識這個古怪女孩，發出細細的嗚叫。

「妳怎會叫牠這個名字？」慧娜沒等里繪回答，又回頭朝屋裡喊：「過來一下，有個女孩的車出了問題，替她看看好嗎？」

屋裡深處傳來一把男聲，含糊地應了一下。

里繪的心情剎那間又變得緊張，抱著波波夫僵直地站著。腦海裡不斷地重複練習著說：

——尼克，好久不見……

屋內的腳步聲漸近。

第七章
加吉夏

五月五日
亞利桑那州　納瓦喬印第安人保護區

嶙峋突起的山岩由鮮艷如火的橘色泥石構成，岩下疏落地長滿形貌特異的仙人掌，上半部光禿禿地沒長半根草，岩頂寬闊平坦如石台，恰似一座守護在沙漠區入口的天然城樓。

拜諾恩赤裸上身躺在岩頂，以一件色彩斑爛的印第安民族服捲起來作枕頭，仰視晴空的浮雲。他手裡抱著一把細小的吉他，胸前的銅鑄十字架項鍊淡淡反射著陽光。

拜諾恩的日記本展開來放在身旁地上，那兩頁全是手抄的吉他樂譜。整部日記裡，只有這兩頁不是拜諾恩寫的，而是墨西哥少女瑚安娜的筆跡。

拜諾恩隨意地撥弄了幾段和弦，腦袋沉入過去數年旅途的回憶裡。在陽光底下，他並沒有想起那一幕幕血腥殺戮。回憶中只有風景。他有點驚訝。過去匆匆而行，原來一切景色都印在記憶某個角落，如今自然地湧出來。

從前的拜諾恩討厭陽光。這是體內遺傳因子使然。在陽光底下他總是感到身體比較虛弱。成為吸血鬼獵人後的這幾年更是如此。

現在陽光仍然帶來那種感覺，但是他已經不在乎了。他不用再像過去般，無時無刻繃緊著戰鬥神經。戰鬥的理由已經失去。如今在溫暖陽光底下，他感覺身心都放鬆。許多悲哀的往事，彷彿都因日照而褪色變淡。

「加吉夏！」一把聲音自山岩下面傳來。

拜諾恩坐起身。他聽出是毛亞西・蒙夸的叫聲。

毛亞西揹著他極愛的狩獵步槍，把馬兒綁在一棵仙人掌旁，循著山岩小路敏捷地前進，連跳帶爬幾下就登上岩頂，不負他的名字——「毛亞西」在納瓦喬（Navajo）語裡就是「貓」的意思。

「加吉夏，你又在這裡日光浴嗎？」毛亞西問：「你再怎麼曬，也不可能變成納瓦喬人啊。」

拜諾恩低頭看看自己手臂。儘管已在沙漠區住了這麼久，他的臉跟身體還是和從前一樣蒼白，他知道這同樣是遺傳的結果。「我說過了，你們替我取錯了名字。看看我，哪一部位像『加吉夏』？」

「加吉夏」（Ga-gih）在納瓦喬語的意思是「烏鴉」。

「那是因為你剛來時，全身都穿著黑衣啊。」毛亞西笑起來像個小孩子，其實今年已經三十八歲。「你那件大衣就像翅膀。我還以為你會飛呢。」

他指向山岩下的馬。一串野兔掛在鞍旁。「我今早渡河去打獵。今晚有一頓豐盛的烤肉可吃了。」他又拍拍背上的步槍：「我沒有浪費半顆子彈呢。很棒吧？」

拜諾恩默默又躺下來，把身旁日記本收起來抱在胸前，沒有回答。

「加吉夏，為甚麼你從來不肯跟我去狩獵？」毛亞西蹲在他身旁問。「我跟爺爺都看得出，你是個很厲害的獵人。而且不是打野兔這類小東西。你打過甚麼？山羊？野狼？老虎？熊？有沒有泡製成標本？」

「我從不把獵物帶回家。」

「為甚麼？」毛亞西很訝異：「那不是很浪費嗎？那你為甚麼要去狩獵？」

「我沒有帶走獵物，因為他們吃不得；我狩獵他們，因為他們會吃人。」

「好像很有趣。」

「相信我。一點也不有趣。」

「明天我去狩獵的話，你跟我去好嗎？」毛亞西皺著眉。「一次也好。」

「我……」拜諾恩緊擁著日記，眼睛瞧向遠方山陵。「我不會再狩獵了。」

看著拜諾恩傷感的表情，毛亞西沒再打擾他，獨自步下山岩，策馬離去。

拜諾恩握著日記本，隨意地翻開其中一頁。那頁夾著一幀慧娜的舊照片。

三月十六日

……我知道毛亞西為甚麼替我起了「加吉夏」這個名字。他一直沒有告訴我。他不知道，其實我記得。那天，當我倒在荒野中央的時候。

毛亞西發現我時，大概以為我已經死了吧？一大群烏鴉正圍攏著我，等待啄吃我的屍體。

這就是後來他喚我作「加吉夏」的真正原因。

也許在他眼中，我跟那些烏鴉很像吧？在納瓦喬人眼中，烏鴉並非不祥之物，而是現世和冥界之間的使者。

而我也曾生存在那條夾縫之中。

那天，當倒在荒野中央的時候。

我確實死了。

……這一年間，我的心靈總算是平靜了下來。盡量不再想慧娜。雖然那是幾近不可能的事。尤其是那個晚上的記憶。那一夜，我整晚伏在她家屋頂上，聽見他們兩人之間每句對話。我甚至聽見他們做愛的聲音。慧娜，她一向喜歡這種緩慢、溫柔的做愛……

不要再折磨自己了。我必須這樣提醒自己。

我會永遠在這片荒野居住下去嗎？還沒有決定。但是外面已經沒有任何讓我留戀的東西。

至於吸血鬼，我厭倦了。連仇恨的力氣也失去。過去的狩獵生涯簡直是個玩笑。多麼一廂情願地以為，只要排除自己身體裡的黑暗，就可以重拾失去的人生。

就讓我遠離過去一切吧。

毛亞西的爺爺奧捷·蒙夸是納瓦喬族弗也馬部落最後一位巫醫，也是整個印第安人保護區裡少數堅持住在帳篷的人。唯一陪伴他的家人就只有這個孫子。毛亞西高中畢業以後沒有找任何工作，離開父母到這片荒野來跟爺爺同住，如今已經人到中年了。

「我從來沒有後悔。在外面的白人世界，我永遠是個抬不起頭的『紅皮膚』；這裡我卻擁有天空和大地。」毛亞西曾經這樣跟拜諾恩說：「唯一比較難熬是沒有女人。」

「很早以前我就決定搬來跟爺爺住。小時候我每年只能來探望爺爺兩、三次。在我的記憶裡，那全是我孩提時最美好的時光。爺爺是我所認識最有智慧的人。」

在拜諾恩眼中的奧捷爺爺，頗像他去世的恩師——吸血鬼獵人彼得．薩吉塔里奧斯。拜諾恩對自己的運氣感到慶幸：在他人生中兩次陷入重大的迷失時，都能遇上一位如此睿智的老人。

此刻他們三人圍坐在帳篷火堆旁。奧捷爺爺一頭灰銀的長髮編成傳統辮子，正滿足地抽著菸桿。

毛亞西把殘餘的野兔骨頭拋到帳篷外，給他的兩條狼犬分享。「加吉夏，你還是吃得那麼少啊。爺爺，他真的沒生病吧？」

奧捷爺爺呼出煙霧，端視拜諾恩那張蒼白的臉，以生硬的英語說：「不。他比你還要壯。我敢說他一生從來沒有生過病。是嗎？」

拜諾恩無言。他回想自己的過去，確實除了外傷以外，他從沒有看過醫生。也許這就是養母碧達娜把他看成「怪物」的原因吧？

為甚麼不會生病？答案很簡單：他身體裡早就寄宿了比任何病菌還要可怕的東西。真是個非常大的諷刺。

「你為甚麼知道我從不生病？」

「就在幾個月前，我親眼看見你幾乎踩上一條眼鏡蛇。連牠也不敢咬噬你。」拜諾恩凝視爺爺那雙蒼老的眼睛。他感覺得到，爺爺並沒有用一種看著怪物的眼神來看他。這是最令拜諾恩安慰的事情。

「對，還有一次……」毛亞西朝拜諾恩作了個抱歉表情：「我不是有意偷窺的，只是碰巧看見，你從那岩頂上一躍下來，就像鳥兒般輕輕著地……你怎麼會有這種力量？」

「不要追問他啊，毛亞西。」奧捷爺爺用納瓦喬語說。「正如我們不應該問，那天他為甚麼流浪到這片荒野來。」

奧捷回過頭，又向拜諾恩說話：「我們並不害怕你，你知道原因嗎？」

「我知道。你教導過我，在納瓦喬族人的眼中，天空和大地自有其法則。狩獵者與被獵物。日出與日落。草與石頭。一切都有它存在的原因。」

奧捷點點頭。「而我們身為人類，唯一可以做的事情，就是懷著敬畏的心，順從法則而活。過度仰賴我們的智慧是愚蠢的行為。」

「那麼在面對邪惡之時呢？要順從邪惡嗎？」

奧捷拿起一根樹枝撥弄火堆，然後繼續抽著煙：「許多人把毒蛇視為邪惡。那是真理嗎？他們這樣想，只是因為毒蛇帶來死亡。可是對於毒蛇本身而言，牠的劇毒與利齒卻是牠求生的武器。那麼你認為毒蛇是象徵生存還是死亡？」

「那並不代表，我們人類不應該跟毒蛇鬥爭啊……」

「對。可是人也沒有憎惡毒蛇的理由。只是生存的鬥爭而已。」奧捷爺爺瞧著拜諾恩的眼睛好一會才又說：「正如你也沒有必要仇恨自己身體裡的魔鬼。」

——這個老人好可怕。全都看透了。

「我知道你來的真正理由是為了追求平靜的人生。而這片荒野，還有我們爺孫倆，都很自然地接納了你。」

拜諾恩深深地朝爺爺躬身道謝。

「所以當我在今天下午收到一件東西時，我不知道是不是應該交給你看。」

拜諾恩悚然。

——不，不要……

「可是現在我知道了。」奧捷爺爺從衣襟內取出一個手掌大小的繩織袋子：「我跟祖靈們都看見，有一種很強烈的東西在召喚你……是你們稱為『宿命』的東西。」

拜諾恩跪伏向前，接過那個袋子。

「你是否要接受它，不應該由我來替你決定。你自己選擇是否打開它吧。」

拜諾恩感到手上的袋子彷彿像鉛塊般沉重。他瞧著它喃喃自語：「我早就知道，躲在這裡也沒用。我可以拋棄自己的過去，然而我的過去卻不會那麼輕易放過我。」

「那麼你便勇敢面對它啊。」

「可是我害怕……我害怕又要把不幸帶給身邊的人！」

奧捷撫摸他的頭。「然而你有沒有想過，要是這種不幸現在已經開始了呢？你寧願用自己雙手結束它，還是毫不知情地隱居在這裡？」

拜諾恩閉起眼睛，久久還是無法把袋打開。

□

拜諾恩回到那塊他最喜歡的山岩頂上，生起一堆柴火。他站在月光下，手裡緊緊握著那個袋子。

——宿命……

他的手指終於把袋口的繩結解開來。

裡面是一張摺成四分一大小的報紙。是昨天的《納瓦喬時報》頭版。上面轉載了一篇來自鳳凰城的新聞。

拜諾恩的腦袋瞬間猶如結冰。

比他想像的要糟糕一百倍。

拜諾恩霍然轉身，拋去手中報紙。

毛亞西捧著許多東西，剛剛步上岩頂來，正好看見拜諾恩那副肅殺得嚇人的臉孔。

「我現在立刻就走。」

「我知道。我有預感。」毛亞西走近他：「你的行李我都替你收拾好了。還有這件大衣。」

毛亞西為拜諾恩穿起黑色皮大衣，又把沉重的行李交在他手上。

「我的馬就在下面。騎牠到聖別多鎮，在那裡可以轉公車。」毛亞西拍拍拜諾恩的肩膀：「把馬兒寄在站長那邊就可以了。我會去取回來。」

拜諾恩與毛亞西擁抱了一下，然後他就像毛亞西上次看見那樣，從岩頂一躍而下。

以不捨的眼神看著空中拜諾恩飄飛的大衣，毛亞西不禁讚嘆。

——加吉夏，飛吧。

他沒有看腳邊那張報紙。

一陣風颳過，報紙被吹到火堆上，迅速燃燒起來。

天堂谷謀殺及疑似綁架事件

疑凶爲在逃連續殺人犯

新聞文字旁邊附有兩張小照片。一張是拜諾恩的，頭髮比現在短得多，是他在特勤局工作時拍的檔案照片，也是他的通緝令最常使用那張。

另外一張是慧娜·羅素。下面的註解是：

MISSING

第八章
N．拜諾恩之日記 I

一月三日

……昨晚作了一個短促而奇怪的夢。

我很害怕作夢。在夢境裡，我許多次把慧娜的脖子捏斷。那種可怕的感覺，就像我的脖子也斷掉了一樣。

那個惡夢曾經持續好一段日子。特別是上次在倫敦那段時間。幸好，自從離開倫敦（也就是我知道了吸血鬼布辛瑪與他的愛人的故事後），那惡夢就沒再出現。

然而我仍然害怕作夢。

□

昨天的夢裡，慧娜並沒有出現。

夢中的我是個虔誠的基督徒——這實在奇怪透頂。現實的我從來沒有信仰。大概每個人都做過這種夢吧：變身成為某個與日間的自己毫不相干的人。

這個虔誠教徒——也就是我——剛剛死了。我看見自己的靈魂從身體脫離，隨著風輕輕飄去。

飄到一處完全黑暗、四周空蕩蕩的地方。只有一個人在那裡等著我。是蘇托蘭神父的靈魂。他一副無比失望的表情。

「好久不見了，神父。」終於看見認識的人，夢裡的我感到喜悅與安慰。

「我已經不是神父。」蘇托蘭說：「這裡就是死後的世界。沒有地獄。甚麼都沒有。原來根本沒有上帝。」

然後我就醒過來。睜開眼睛時，我還能感受到夢裡的我那股深沉的悲哀。

你深深地、真誠地相信某種東西。那信念一直支持著你的整個人生。你熱切地期待獲得那東西的時刻。然後你發現，那種東西從來沒有存在過。

就是這種悲哀的心情。

□

關於我的生母，我是從碧達娜阿姨口中聽來的。那時候我大約十五歲。姨姨因為酒精中毒而在她工作的醫院接受檢查，結果卻診斷出患上肺癌。之後她並沒有停止喝酒。在許多喝醉了的晚上，她斷斷續續地透露了關於我母親的事情。

這也許是我對宗教信仰毫無興趣的原因。母親是個修女，一個忠實的上帝僕人。她如此被邪惡折磨至死，而祂竟懶得動一根指頭來拯救她。

我不知道祂是否存在。我也不關心。即使祂真的出現在我面前，我也只有一句話跟祂說。

「去你的。」

第九章
鈎十字

五月七日
亞利桑那州　鳳凰城天堂谷區

警員荷西‧阿奎迪斯從熱水瓶倒出半杯黑咖啡，放在唇邊慢慢啜飲。他需要那氣味來刺激自己昏昏欲睡的腦袋。

他坐在凶屋外小園圃的一張石椅上，仰頭看看黑夜天空。幸好是晴天，否則這看守的差事還要更難受。

——誰教我是新人呢？總是分到這種糟糕的差事。美連斯警長那夥人，大概正在家裡做著好夢吧？要不然就在局裡享受甜甜圈，而我卻要在這陰森的凶殺現場外吹風……

他自言自語嘀咕著，看看墊在熱水瓶底下那疊通緝令傳單。這幾天在區裡挨家挨戶地發送，走得腿都軟了，同樣的話重複一遍又一遍：「請回憶一下有沒有見過照片上的男人，有的話請馬上連絡我們凶殺組的同事……」

因為是綁架案，頭號嫌犯更涉及數年前本州一宗屠殺案，聽說ＦＢＩ已經插手。

荷西拿起當中一張，打開手電筒，端詳上面的照片。要真是這個傢伙的話，他可真厲害，竟然能夠這麼長時間逃過全國通緝令，然後還有膽再次出現在亞利桑那犯案……

手上的紙張突然被奪去。

不知何時有個人無聲無息地站在他面前。身軀靠得很近——那人的腰帶幾乎貼上荷西的鼻子。

荷西悚然仰望。手電筒的光束隨之往上照。

那人木無表情地俯視他。

正正就是幾秒前，他看著的照片上那個男人。

下一刻，荷西已仰倒在草地上，身體一動不動。

拜諾恩並沒有傷害他，而是透過眼睛發出強烈催眠訊號，令本來就陷入極度恐慌的荷西昏倒。

——兩小時後荷西醒過來時，不會記起自己何時睡著了，也不會記得自己見過拜諾恩本人。

拜諾恩沒再理會他，提著行李逕自走向房屋正門。外門早已破碎，連框架也扭曲變形。木門洞開，交錯拉著警察專用的藍白塑膠封條。

拜諾恩筆直進入，把封條都扯掉。

進入客廳時，那視覺衝擊令拜諾恩腦袋一陣昏眩。裝滿刀具兵器的行李跌在地毯上。

染滿血的地毯。

牆壁。沙發。電視螢幕。

全都是血紅。

拜諾恩再也支持不住，雙膝軟軟跪倒，雙手掩著臉。

在他眼前的地毯上，警察用膠帶圈出屍體的位置。然而那並非人形，而是一個粗略的長形。

因為屍體被發現時已經沒有手臂，沒有雙腿，沒有頭顱。

拜諾恩以他超凡的嗅覺辨出：屋內沒有半絲開槍後殘留的火藥氣味。

除了潑灑的血污外，客廳一切陳設完好無缺，並沒有任何搏鬥過的痕跡。

——當然沒有。人類不可能反抗怪物。

拜諾恩感覺腦袋裡像有某種東西斷裂了。他張開口，卻無法喊出聲音。

他一直維持著這樣跪坐抱頭的姿勢，身體靜止不動。警察的封條仍然垂掛在他身上。

——不要。這不是現實……

母親。慧娜。

吸血鬼。

他仍然靜止不動。

當他感覺到有東西爬上自己大腿時，幾乎已經是半小時之後。

□

在黑貓波波夫的帶引下，拜諾恩走到五條街外。那兒有一家附設便利商店的加油站。一輛有點破舊的棕色「豐田」汽車停在加油站對面。

波波夫回頭擺尾，示意主人繼續跟著牠走。

他們停在車旁。拜諾恩輕輕敲了敲窗。

車內後座發出一些聲響，一副驚醒的臉孔從車窗玻璃出現，臉上的妝因為淚痕髒成一團。

車門霍然打開。里繪撲前放聲哭泣。

「都是我！尼克，都是我的錯！我不應該……」

拜諾恩的臉仍然像鐵般冷漠，他輕輕把里繪推開。她那身「原宿歌德少女」打扮已經變得慘兮兮，撕破了好幾處，他卻彷彿沒看見。

里繪停止了哭泣。她感覺拜諾恩和從前完全不同了，剛才抱著他時，感覺就像抱著冰塊一樣。

拜諾恩並沒有顯露任何責備神色，這令她更加難受。

沉默了好一會以後，她才試探著說：「上車吧，別讓人看見你……」

拜諾恩打開車門坐上駕駛席，把行李重重拋在旁邊，並沒有瞧里繪一眼。里繪悻悻然抱著波波夫坐回後座，把車門關上。

「這是……那……那怪物叫我……交給你的……」里繪傾身向前遞上一個白色的信封。紙片隨同她的手在顫抖。

拜諾恩頭也不回地接過信封，異常平靜地拆開它。

一封以秀麗的古典字跡寫著「天國之門」的請柬，裡面還夾附了一張細小的三吋光碟片。

里繪的筆記電腦就擱在駕駛儀錶板上面。拜諾恩開啟電腦，把光碟片放進碟機。操作系統偵測到光碟片上的影像檔案，自行啟動了播放。

300×240 像素的細小視窗內，出現一個對焦不準的模糊黑影。

「好久不見了，『達姆拜爾』。」

一聽見這聲音，後座的里繪全身冒出冷汗。

拜諾恩雖然心裡早有準備，胸口還是免不了一陣悸動。他忘不了這把聲音。優雅而夾帶著歐洲口音。

「蒙你上次的照顧，我可花了好一段日子養傷。相隔這麼久才來向你打招呼，請別見怪。」

視窗內的影像漸漸清晰。

黃金般閃亮的長髮。如雕刻品般雪白俊美的臉龐。散發著深幽神采的晶藍眼瞳。眉心醒目的刺青。

「這幾年過得怎麼樣？當獵人有趣嗎？我可是斷續聽聞了關於你的事情呢。我自己嘛，這幾年倒沒發生甚麼特別事。除了去旅行一趟。倫敦。千禧年的那個時候。」

拜諾恩雙眉往上一揚。

「別誤會啦，我那趟旅行不是為了找你。可是這就叫命運。你的出現，令當時那件本來就十分有趣的事情，變得更有趣十倍……

「或許你到現在還沒有完全明白，那次在倫敦發生的事情，對吸血鬼世界有多重要吧？假如你有仔細讀過布辛瑪先生的筆記，也許會知道多一些……對了，你這個可惡的小偷，搶先一步把布辛瑪的筆記偷走了，害我撲了個空。不打緊，我們快要見面了，到時候你順道拿給我吧。還有現在跟你一起的那位可愛小女生，也要一起帶過來啊。」

電腦液晶螢幕裡的「鈎十字」，露出陰險的笑容。拜諾恩卻只是冷靜地直視著。

「至於你的女人，就暫時留在我這裡當客人吧。別擔心，我不會讓她少一根頭髮。我也保證讓你們見面。來吧。這裡有一場很好玩的宴會。

「噢，差點忘記告訴你地點。就寫在那請柬上。我等著啊。期待你光臨『天國之門』……」

影像漸漸暗淡下來，然後終止。

拜諾恩馬上重複看了影片兩次。他仔細檢視「鈎十字」背後有沒有甚麼可作為線索的背景或物件。完全沒有，只有一面灰白色的牆壁。

里繪無力地躺在椅上。聽到「鈎十字」說慧娜仍然安好，她稍微鬆了口氣。

——還有希望啊……

但是她想不到有甚麼安慰的話能夠對拜諾恩說。

拜諾恩合上電腦，把那張白色請柬放在上面。

翻來覆去也看不見上面寫著任何地名。就只有那兩句話：「舐此羔羊之鮮血／以奉獻爾珍貴之靈魂」。

還有箭頭指著的那滴乾涸血液。

拜諾恩不用湊近鼻子，也嗅得出那是吸血鬼的血液。這種氣味對他來說太熟悉了。

——是「鈎十字」自己的血液嗎？

「舐此羔羊之鮮血」

——這就是提示吧？

拜諾恩毫不猶疑地伸出舌頭。

——反正已經再沒有可以失去的東西了……

一股無比辛辣的味道，從舌頭直貫腦門，簡直就像毒品一樣。

這是他首次品嚐吸血鬼的血液。

彷彿整個腦袋在頭骨裡掙扎跳躍了一下。

然後似乎在前額頂那兒張開一個小洞孔，一把夢囈似的聲音在那洞內迴響，輕輕吐露出一個地名。

第十章
飛鳥唱片行

五月八日

路易斯安那州　摩蛾維爾鎮

Came in with his Children（跟隨他的孩子進來）
I saw the Three Big Crows（我看見這三隻大烏鴉）
They all Dressed in Black（他們全都穿著黑衣服）
With Hair Dyed Gold（頭髮染成黃金的顏色）
They didn't Speak a Word（他們不發一言）
But Smiled like Angels（卻露出天使般的微笑）
Where were they Taking his Soul?（他們要把他的靈魂帶往何處？）
Hell, no one Knows（沒有人知道）

——這是怎麼回事？

班哲明呆坐在唱片行內的收銀台後面，好想伸出雙手掩住耳朵。

他討厭聽這種垃圾。在班哲明眼中，歌德搖滾是搖滾樂裡最虛假、最故作姿態的糟粕。歌德搖滾，還有重金屬——班哲明認定它們只是騙小孩零用錢的玩意。

所以他的「飛鳥唱片行」——也是這裡方圓七十哩內唯一的唱片行——二十多年來從不賣這兩種音樂。

可是這幾天以來，「飛鳥」已經淪陷。今天從正午開店到現在傍晚時分，店裡的音響系統接連地播放著歌德搖滾和重金屬。音量幾乎開至最高。

班哲明感覺自己的忍耐已到達極限。

可是他不敢吭一聲。霸占著他店鋪跟心愛音響的這些傢伙，他一看就知道沒有一個是正常人。

「接著放這個。」一個最少六呎三吋高的機車族，伸出一條刺滿薔薇圖案的手臂，把另一張重金屬搖滾CD放在櫃檯上。

班哲明悻悻然地更換唱片。在狂暴的電吉他聲裡，那個機車族甩著一頭金色長髮，走回他的夥伴處。

他們將近有二十人，聚集在陳列鄉村民謠唱片的架子旁。班哲明看出他們分成幾夥人，是到摩蛾維爾後才認識的。有幾個脫去了上衣，露出滿佈紋身的橫肉，互相比較和欣賞各自的刺青。

還有雜誌架旁那群綁著頭巾的拉美裔幫派男女，他們喝完啤酒就把玻璃瓶亂丟，瓶子在腳邊滾來滾去；最角落處那三個黑人，一身俗不可耐的鮮色西裝，還有手指、手腕、耳垂、脖子上大串金飾，一看就知道是從大城市來的貧民區毒販。

最令班哲明畏懼的，還是坐在門前石階那些白人：一身墨綠軍服，外套底下鼓起了幾團，很明顯是槍。他們自稱「生存主義者」（Survivalists），不過看來應該是無政府主義的民兵吧……

班哲明搖頭嘆息。這幾天的生意幾乎是零。他原來的客源遍及附近幾個村鎮。但是看見「飛鳥唱片行」變成這副德性，誰也不敢進來光顧。

——到底在搞甚麼花樣啊？

整個去年到訪的外來者總計四十二人。沒有一個在鎮裡逗留超過三天。大部分都是公務員。而現在僅僅一個星期，已經打破那數字了。

他們為甚麼不約而同都到這裡來？這裡？摩蛾維爾？南部一個鳥不生蛋的窮小鎮？這裡有甚麼吸引這些古怪的人？

更令班哲明訝異的是：這許多原本水火不容的族群聚在一起，竟然沒有發生衝突。

不只如此，他們甚至還會互相招呼交談。那種和平的氣氛，簡直就像來參加「胡士托音樂會」之類盛事。

這幾天班哲明斷斷續續偷聽到他們的對話：

——還沒有來嗎？

——真令人期待。那種美妙的感覺，比性交還要強烈一百倍！

——你試過海洛因嗎？那是小巫見大巫……這東西就是「未來」！簡直是欲罷不能……

——還沒有來嗎？「他」的召喚，我們都聽見了。絕對不是幻覺……

——再等下去我就要殺人啦……

一群瘋子。班哲明知道事情不簡單。是某個邪教的聚會？大型的毒品交易？可是為甚麼還在摩蛾維爾？

班哲明望向窗外。一輛破舊轎車駛過店外泥路，朝鎮外的方向而去，車頂上綁著大包小包的家當行李。班哲明認出擠在車裡的是孟菲爾一家六口，他們是奴隸後裔，四、五代以來都住在摩蛾維爾。

已經是這個星期第五個搬走的家庭，或者更準確應該說是逃亡。他們全是黑人。是感覺到有甚麼不好的事情快要發生嗎？非得舉家逃離不可？班哲明想起來，鎮裡不少黑人到現在還信奉巫毒教〔註〕。難道是因為他們對邪惡的事情特別有感應嗎？

唱片行正門給推開，搖響了門上銅鈴。班哲明神經質地回頭，看見進來那對男女時，不禁搖頭。

——又來了兩個怪人。

但是下一刻班哲明就馬上感受到一股異常氣氛。原本聚在店內的人群全都靜默下來，所有視線盯著這對男女。

——這兩個人跟他們不是一路的。

兩個都是東方人。在路易斯安那州一個鄉村小鎮裡，這無異於來了兩個外星人。他們的衣飾很簡單：白色綿麻上衣、牛仔褲、短靴、銀指環和項鍊。但是這麼簡約的穿搭，就是透著一股非凡氣質，把四周的人都比下去。

他們手挽手走進來，顯然是親密的夫妻或情侶，但是這樣的搭配任誰見了都失笑。女的比男的還要高半個頭，但橫向來看男的卻是女的一倍。

班哲明敢說這是他平生見過最美麗的女人。即使如此簡便的衣服，也掩蓋不了那股超凡的美，好像走到哪裡都有光芒跟著她。又大又長的奇特眼睛，讓人感覺像童話書裡描述

註：巫毒教（Voodoo），盛行於美國南部，源於非洲傳統信仰 Vodun，殖民時期由奴隸帶入美洲，同系的信仰亦流行於加勒比海及南美國家。

的遙遠異國貴族。

那個男人剃光了頭，胖臉上滿是亂生的鬍髭，脫下墨鏡後露出左眼角一道傷疤。然而這張醜臉沒有給人半點猥瑣的感覺，相反地竟帶著一股壓倒的自信。

他們沒有向店裡那些凶狠傢伙瞧上一眼，彷彿把他們都當作透明。機車族、毒販、幫派份子們一個個用敵意的目光跟隨他們每一舉動。但是似乎誰也不敢先出手惹這兩人。

女人從雜誌架上取了一本最新的《Rolling Stone》，又挑出兩張藍調CD唱片，走向收銀台。男人一直跟隨在她身後。

班哲明緊張得站了起來。

「這家店很不錯啊。」女人的英語是標準城市口音：「這兩個藍調的樂團，很難找的啊。」

「因為是小公司發行，只有這州裡才有。我也花了不少工夫才進到貨……」受寵若驚的班哲明，從男人手上接過鈔票，把貨品裝進紙袋裡。女人微笑接過袋子。

「我們下午才剛到鎮裡來，住在汽車旅館。」摩蛾維爾的「棉花汽車旅館」是鎮內唯一可讓外來人下榻的地方。

「你們……」班哲明結結巴巴地問：「要留在這裡嗎？」

「大概會留一陣子吧。」男人聳聳肩：「還沒決定多久。」

「我們剛完成一大堆工作，正在渡假。」女人笑著補充，那笑容令班哲明心跳加速：「鎮裡有哪家特別好吃的店嗎？」

「旅館附設的餐館還不錯，要不然……」班哲明慌張地往店外比劃。「這裡對面，往左邊走一個街口，會找到一家『露絲餐廳』。漢堡和蘋果餡餅都很棒。」

「漢堡……」男人舔舔嘴唇。「我最喜歡。」

□

宋仁力夫婦離開「飛鳥唱片行」，站在摩蛾維爾鎮中心的街口上。他們沒有回頭，卻肯定身後那許多雙凶狠的眼睛，仍在盯著自己的背影。

日落時分，宋仁力還是戴著墨鏡，他左右瞧瞧這個南部小鎮。

所謂的「鎮中心」，不過是四、五條街縱橫構成，把加油站和長途公車站算進去，也只有那二、三十家商店。悶熱的空氣中夾帶濃厚的濕氣，令人皮膚有種黏稠的難受感覺。這種空氣大概是源自城鎮北面的沼澤區。

宋仁力和文貞姬沿街而走，路上看見的幾個鎮民都是白人。夫婦倆對於他們那異樣的注目早就習慣——住在這種鄉村地方，恐怕一生也不會遇見十個亞洲人吧？

他們經過公車站旁的土產店。櫥窗裡擺放的大多是鱷魚皮製品，其中一副泡製過的鱷魚頭標本，那雙玻璃珠子造的眼睛正盯著他們。文貞姬停步看了一會。貨物的品質很不錯，她決定回程時順道買幾件，下次展示會裡也許可以用作配飾。

他們的「Wrangler」四輪驅動吉普車就停在車站旁路邊。文貞姬把紙袋拋到後座。

「剛才唱片行裡那些人……」她以韓語對丈夫說：「我看見他們身體泛出像烏雲般的『氣』。那種顏色，是很邪惡的欲望。」

「『天國之門』必然不只我們手上那一封。」宋仁力把手臂擱在吉普車門上，掃視這個偏遠城鎮的風景。夕陽把他的臉映得有點詭異。「他們都接受了邀請而來，正在等待請柬『主人』來臨。」

「我們則是兩個不請自來的客人。」文貞姬展露出丈夫最喜歡的狡黠笑容。

「這次不是普通的狩獵啊。那個『主人』正在等著人們來找他，必然有很充分的準備。」宋仁力說著坐上助手席。兩人同行時，他總是讓妻子開車：「怎麼樣？妳會覺得可怕嗎？我們可以馬上離開。」

文貞姬坐上駕駛座，握住丈夫的手掌。

「你看見嗎？有種『顏色』正籠罩著整個鎮……」

宋仁力閉起眼睛，他與妻子相握的手掌頓時像接通了某條脈道，二人的意識通過它交互匯流。

「我看見了。很美的顏色啊……」他把妻子拉過來，吻吻她臉頰。剛才心靈的交流裡沒有絲毫恐懼，而是像過去每次「狩獵」一樣的興奮。

這就是「SONG & MOON」創作靈感的來源：朝著邪惡逼近，那股劇烈的官能刺激，是任何其他體驗也無可比擬的。

「今次將會是個很好玩的假期……」

第十一章
追跡者

同時

路易斯安那州

新奧爾良以西八十公里　十號州際公路

從墨西哥灣的方向颳來一陣風，里繪的身體在黑色皮夾克裡顫抖了一下。夾克底下她仍然穿著那套「SONG & MOON」薄裙。從鳳凰城到這裡，一路上他們沒停下來多少次。而她絲毫沒有更換衣服的心情。

她倚靠在車門旁，等待汽油加滿。拜諾恩仍一言不發地坐在駕駛座。她實在不敢面對他沉默的表情，寧可站在車外吹風。

里繪到現在還不知道目的地是哪裡，只知道車子一直沿著公路往東走，越過了整個德州。

波波夫正蜷伏沉睡在汽車後座。

「妳不要跟著我。很危險。」這是在鳳凰城出發前，拜諾恩對她說的話。

里繪不肯答應，仍然坐在車裡，拜諾恩等了一會，就發動車子。然後在整段旅途上沒有再跟她說半句話……

想到這裡里繪又有要哭的衝動，她知道尼克正在惱她。

里繪已經猜出整個事情的大概：那隻額頭上有「鈎十字」符號的怪物，在「開膛手事件」發生時就在倫敦，並且知道拜諾恩也在那裡；那怪物原本想跟蹤拜諾恩——大概是想找機會偷襲他，或是尋出他的弱點——卻忌憚於拜諾恩敏銳的感應力；於是怪物轉而跟蹤她。而她笨笨地把就那隻怪物帶到拜諾恩愛人的家……

——都是我的錯。

她沒有問拜諾恩認不認識那個死在慧娜家裡的男人。她知道，那等於在他傷口上再刺一刀。

從電子新聞的報導裡，里繪知道那個男人的身分：洛克·丁·加里尼，三十八歲，芝加哥的私人執業律師，慧娜·羅素的未婚夫。在芝加哥仍有業務，正準備短期內遷居鳳凰城並與慧娜結婚。

——這就是我查不到慧娜同居者身分的原因啊。

里繪又再想起那個晚上——當驀然出現眼前的不是拜諾恩，而是這個陌生的成熟男人時……

「小姐不用擔心，先進來坐坐。讓我替妳看看車子。」他說話的聲音很溫文。

——是個好人吧？

里繪還沒搞清楚是怎麼一回事之前，慧娜已經牽著她的手，把她帶到客廳沙發。

里繪仍然抱著波波夫，眼睛瞧著客廳電視機播放的籃球比賽，腦袋裡卻一片空白混亂。慧娜把可樂放在她面前，向她說著安慰的話——她卻忘記聽過甚麼……

她低頭瞧著懷中的黑貓。為了再次確認，她又呼喚一次：「波波夫……」

黑貓以叫聲應和，的確是波波夫。

——那就是說，尼克曾經來過。而且把牠留了下來。

——是留給慧娜最後的紀念嗎？

玻璃門破碎！

在慧娜的驚呼聲中，一具身體穿過玻璃門飛跌進客廳裡。是滿身血污的洛克。剛才還是如此精神且有禮的他，此刻已經奄奄一息。

然後里繪看見那頭怪物走進來：穿著像黑白戰爭片裡納粹秘密警察那種黑長衣，一頭漂亮的金黃色長髮束成馬尾，雪白而俊美的臉，邪惡的眼睛和笑容。

還有眉心的「鈎十字」。

「打擾了。」怪物以嘲弄的語氣說著，以像是走在自己家裡的步姿輕鬆進來，踏過洛克將要嚥氣的身軀，朝慧娜一步步逼近……

油缸加滿了。加油員把蓋子關上。里繪朝他手掌塞進一張鈔票。加油員連謝謝也沒說一聲，便掉頭回辦公室去。

——連這傢伙也給我臉色看！現在的我真的這麼討厭嗎？

她打開後座車門，卻遲遲沒有踏進去。車裡的空氣彷彿很凝重。她不想再看到拜諾恩那沉默的背影。

——不可以放棄，這件事情我要負很大責任啊，我一定要去！

拜諾恩卻在此時從車裡走出來，往車後方向遠眺。

孤寂的公路上看不見半輛車。只有風聲。

拜諾恩臉上有一抹緊張的神情。里繪很想問他發生了甚麼事，卻不敢開口。只因她害怕又換來沉默的回應。

可是先打破沉默的是拜諾恩。

「我們被跟蹤了。」

里繪驚訝地往公路後頭眺望了一會，並沒察覺甚麼異常。

可是她相信拜諾恩。

「是那怪物的同伴嗎？」

「不知道。」拜諾恩搖搖頭，又再看了一會，然後不再理會。「是誰也好，對我來說沒有分別。要來的話就一起來吧。」

他這才第一次直視里繪的臉。那張髒得亂七八糟的臉蛋，到現在還沒有洗淨，顯得可憐兮兮。

「這是最後的機會了。」拜諾恩沉重地說：「妳還是要跟來嗎？我無法分神保護妳。妳也不可能幫上忙——我們要去的地方很偏僻，恐怕連電話線也不超過一百條。妳的駭客知識派不上用場。」

里繪低下頭來。

「妳不用自責。那種事情根本就在妳常識之外。」拜諾恩又說：「即使妳不出現，他終究也會找上門來。這是我跟他的私怨。」

「你……不惱我？」

「妳專程來看我，本來我應該很高興的。」拜諾恩第一次展露笑容——雖然那是很勉強的苦笑：「我還沒有向妳道謝。」

里繪終於忍不住撲進拜諾恩的裡，大聲抽泣起來。他輕輕撫摸她漆黑的頭髮安慰她。拜諾恩許久沒有如此接近女性。那抱在懷裡的柔軟身體，讓他馬上又想起慧娜。隨之而來是一陣錐心般的刺痛。

——忍耐下去。忍受這種痛楚。接受它。讓它警醒你走下去。不要讓情緒失控。

——為了拯救慧娜。

拜諾恩確實是有點感激里繪。要不是有她在，現在獨自一個人，他不能肯定自己會不會崩潰。

擁有一個同伴，總是件好事。

「我們現在要去哪裡？」里繪揚起滿是淚痕的臉。

「一個名叫摩蛾維爾的地方。」拜諾恩把汽車鑰匙交給她：「現在開始妳來開車。我用妳的電腦查過地圖，詳細地點就記錄在裡面。我要趁這段時間休息，我需要積存所有的體力。有重要的戰鬥在前面等著我。」

拜諾恩鑽進後座，把波波夫抱在懷裡，橫臥著閉起眼睛。里繪不知道他是不是真的睡著了，只覺得他這個蜷伏的姿態就像嬰孩。

□

同一時間，在他們後面約一哩的公路上，那個光頭女生把機車停靠在路旁樹叢間，正啃著一片麵包。

她依舊穿著那襲黃色雨衣。長形的旅行袋牢牢縛在機車後座上。

儘管隔著肉眼看不見距離，但她感應到拜諾恩正在前頭停止不動——千百年以來，她的師門先祖是靠著這種長期修練的力量，尋找每代轉世靈童的所在。

吃完以後，她從衣袋掏出一張摺疊的報紙。鳳凰城天堂谷凶案的報導。她再次審視上面拜諾恩的通緝照片。

——跟那個偵探給我的照片是同一幀。

「無音……」一年前，當離開高野山時，師尊如此囑咐她：「把妳的師兄空月帶回來。此外別作無謂的鬥爭。不要學他，墮入執念的業障中仍不自知……」

她撫摸胸前。那三顆濁黃色的圓珠，以一根細繩串起來掛在她頸上。

她咬住下唇，清秀而剛強的臉孔，露出復仇的神情。

細小的手掌不自覺地把拜諾恩的照片捏成一團。

第十二章
動脈暗殺團

同時
摩蛾維爾三公里外

那輛停泊在泥路旁的破舊旅行轎車，擋風玻璃裂成蛛網狀。車內空無一人，車燈卻兀自亮著，照映出一群男女的身影。

他們有二十多人，全都穿得像日本古代的忍者：黑色的緊身特種部隊戰鬥服，手腳、胸背、肩頸等部分都附有補強的纖維甲片。黑頭罩連同深色護目鏡，把臉孔完全遮蓋。身上帶著不同大小的黑色軍用背囊或布袋，全都顯得頗沉重。

然而在這悶熱的天氣下，他們沒有一個人流汗。相反的，當這二十多人聚集在一起時，冒著一股陰冷的氣息。

被他們包圍在中央的孟菲爾卻一無所覺，並沒露出恐慌表情。那張歷經滄桑的黑臉神情呆滯，嘴巴半張，露出一口不齊全的牙齒。他早已陷入深沉的催眠狀態中。

所以他看不見倒在路旁樹林裡那些被吸光了血液的屍體。他的妻子和四個孩子。

「看著我。」

多梵是那群人裡唯一沒戴上頭罩的。他伸出異常冰冷的手掌，捏住孟菲爾的臉頰。那手掌的五指和手背刺滿密密麻麻的荊棘紋身。

多梵的樣貌看來四十餘歲，一頭濃密的鬈曲長髮半夾著灰白。他的身材並不高大，但脖子極粗，加上又厚又短窄的雙肩，從頭至胸乍看像個三角形。臉孔輪廓如刀刻般深，交錯著象皮般的皺紋，從唇上到下巴圍了一圈修飾漂亮的鬍髭。細長而碧綠的眼睛透著邪氣，直探進孟菲爾的靈魂深處。

「告訴我，鎮裡最近來了些甚麼人？」

「許多古怪的人……」孟菲爾把那些泡在唱片行的人詳細描述了一遍——在深度催眠下，他的記憶變得比平日更清晰。

「這就是你舉家逃亡的原因？」多梵繼續問。

「不。」孟菲爾臉上的肌肉顫動了一下：「是因為……『祖卡』來了！」

「『祖卡』？」

「我知道。」那群男女中有人插嘴，並且排眾而出。這人雖然全身沒有露出半吋肌膚，但從豐滿的曲線和隔著面罩的聲音，可辨出是女性。

她脫去頭罩和護目鏡，露出一頭串滿珠飾的非洲式辮髮，黝黑的皮膚充滿青春的彈性。臉孔似乎是許多不同種族混交的成果，帶著懾人的野性美，可是那雙美麗的眼睛卻像缺少了靈魂，焦點游移不定。從眉心到鼻尖，垂直鑲著一行細小的銀色珠片，黑夜中像一列發光的魚骨。

「『祖卡』是巫毒教裡對『惡魔』的一種稱呼。」

多梵點點頭。他再瞧向孟菲爾：「這個『祖卡』……」他蹲身在泥地上，用指頭畫出一個圖案：「額上有這個記號嗎？」

孟菲爾低頭看了看，馬上驚恐地閉目，然後猛地用力點頭。

多梵雙眼瞇成細縫，無言站起來，伸出穿著軍靴的腳把泥地上那圖案抹去。他回身走往那輛轎車，身軀倚靠在車尾行李廂上，雙手交疊胸前沉思。

他沒再看孟菲爾一眼。他知道部下們會迅速「處理」這個男人。

「是魯道夫。他果真就在那地方。」剛才那個黑種美女走近多梵，像孩子般吃吃笑起來：「哈哈，竟然躲在這種狗屎小鎮……」

「我還是無法猜透。」多梵撫摸鬍子。「我很了解魯道夫。他絕非無謀之輩。他應該料想得到，其中一封『天國之門』必會流到我們手上。那豈非宣布了自己的死刑？」

「吸血鬼公會」的長老已經向他解釋：魯道夫．馮．古淵發出「天國之門」請柬，動機乃是邀請異族的殘餘勢力，共商結盟向「公會」宣戰。

但是多梵心裡還是有疑惑：馮．古淵被放逐多年，為甚麼要等到現在才發起叛變？他知道「天國之門」必定會惹來「公會」的追殺，所以這麼多年來一直不敢有所行動。為甚麼現在卻突然下了決心？

——難道他有把握應付我們「動脈暗殺者」嗎？

那美女在玩弄一柄刃身呈彎月狀、有點像手術器具的短刀。同式樣的短刀在她左右前臂和兩邊小腿旁各帶著一柄。

「『皇后』，妳有甚麼想法？」多梵咬著拇指問：「妳比我更熟悉他——這是長老們赦免妳，讓妳加入這次行動的原因。」

「皇后」用那柄短刀作工具，把一根長長的大麻紙菸切下一段，叼在嘴邊點燃。她噴出一口濃煙，眼神帶著一貫的空白迷惘。

——事實上她只是在享受那香甜的氣味而已，大麻的藥力不能對吸血鬼的腦袋產生任何幻覺。

「我不知道……」「皇后」喃喃說。「你才是指揮官。而我只是個連『暗殺者』名號也失去了的罪犯。」

多梵盯著「皇后」那像在開玩笑的表情，很難想像她就是一百五十年前那個「黑色皇后」布蘭婕——曾經親手把犯了叛亂罪的魯道夫生擒、歷來處刑數字僅次於克魯西奧的頂尖「暗殺者」。

「怎麼樣？」「皇后」布蘭婕又說：「是時候出動了吧？進去鎮裡，把那傢伙的頭斬下來，在斷頭處撒一泡尿，然後回家。甚麼『血怒風』或『鴆族』，fuck'em，我才不管。」她捏住大麻菸，在自己舌頭上捺熄丟到一旁。「你們現在這些『暗殺者』怎麼搞的？Shit。像號稱最強的克魯西奧，竟然死在倫敦那種大陰溝？」

多梵極迅速地掌摑布蘭婕臉頰，尖甲在她皮肉上遺下四條血痕。傷痕迅速就癒合。布蘭婕吃了這巴掌，伸手摸摸根本不痛的臉，吃吃笑地瞧著眼神憤怒的多梵。

多梵左右張望。其他部下一個個站在遠處，假裝沒看見。

他掌摑布蘭婕並不是因為受到侮辱，而是因為他不容許任何人談及千禧年倫敦那次「開膛手事件」。

克魯西奧之死固然動搖了「動脈暗殺團」的士氣；但更重要的是，那次事件涉及了「默菲斯丹」——「活死人的殺戮者」的存在。這是「公會」最大的禁忌，即使是高級的「暗殺者」同僚之間也不許討論。

凡讀過《永恆之書》的都知道：「默菲斯丹」就是「吸血鬼公會」權力的基石。

「先把整個鎮封鎖起來。」多梵緊握他那隻刺滿花紋的拳頭。「等待『血怒風』和『鴆族』的使者到來，再把他們全數俘虜。」

多梵的神情變得亢奮。率領二十六名精銳的「動脈暗殺者」，以全副重武裝出動，已經是罕有的壯舉；而他更有可能親手終結吸血鬼世界的鬥爭歷史。

命令迅速下達：

把摩蛾維爾變成能進不能出的囚籠。

第十三章
條頓騎士團

一二三三年
歐洲東部　特蘭西瓦尼亞

「把敵人頭顱斬光以後，就可以回城暢飲勝利的美酒了！」

「保持隊形！別散亂了！要讓那些異教的養羊傢伙恥笑嗎？」

四周的隊長們正在高聲激勵眾兵士氣。但是身為騎兵長的魯道夫·馮·古淵知道，他恐怕要吃第一次敗仗了。

馮·古淵揭起獸形頭盔面罩，遠眺對方陣地。雖然遠在箭矢射程以外，他還是看得出庫曼人的士氣正無比高漲：敵陣前有數名輕騎兵在快速來回巡弋，高舉插著我方陣亡者頭顱的長矛。聽不懂的吶喊語句在山間迴響。

敵軍裡必定有個了不起的參謀。一波接一波騎射和一擊即退的突襲，令我方重騎兵疲於奔命。馮·古淵在「條頓騎士團」中已是數一數二的勇者，可是此刻連他也感覺得到，胄甲底下每個骨節都在發響，其他普通騎兵的疲勞更可想而知。而即將敗戰的陰影，只會令疲倦繼續加劇。

「很好……」馮．古淵從不吝嗇對敵將的讚美。即使對方是異教徒也不例外。他從來就沒有真的投入這股宗教狂熱裡，他也深深知道許多其他「聖戰者」跟他的想法一致：所謂「聖戰」只是個幌子，比起天國的應許，他們更關心的是地上的榮耀。

馮．古淵左右看看戰場四周風景。遠方的層疊山林美麗得像油畫。特蘭西瓦尼亞果真是一片肥美的土地。匈牙利國王早已承諾：只要把庫曼人擊退，就允許「條頓騎士團」在此建立領地。如此就能結束朝不保夕的傭兵流浪生涯；甚至將來建立一個日耳曼人的國家，也絕非遙不可及的夢想……

但這些都不是馮．古淵現在最關心的。此際他心中只有個人的榮辱。低階貴族出身的魯道夫．馮．古淵，最初全憑出眾的俊美外貌，獲得騎士團侍衛副隊長一職，被戲稱為「日耳曼的金髮娃娃」，後來靠著一場接一場的勝仗，才令那些比他早入團的同僚將領全都住口，取而代之的是「無敵的金髮騎兵長」此一稱號。就連教團裡的元老們，也得啞忍他的傲氣。

然而要是在這重要一役落敗，過去堆砌的名聲，就要像沙造的堡壘般瞬間崩倒……

他低頭看手上的盾牌。上面漆著他親衛隊的獨有標誌——一個帶著鈎尾的十字架。他知道這個標誌跟基督無關，而是來自更遙遠的東方。

「隊長閣下，看來你還在苦思破敵妙計啊……」一陣陰柔聲音從他身後響起。他不用回頭也知道，又是那個自稱叫「夏米爾」的老人。

老人仍舊穿著修士般的厚厚斗篷，沒有露出眼睛，那張單薄而乾燥的嘴唇咧出一副難看的笑容。他騎在一匹黑色瘦馬上。馮．古淵有點訝異：在這麼激烈的戰事裡，這個老人竟然有膽量隨軍而來。

馮．古淵向他揚一揚盾牌，苦笑說：「我們的好運看來已然耗盡。」

夏米爾對笑而不答。

這老人最初出現在馮．古淵跟前時，就呈獻出這個「鈎十字」徽號。自從用上它，馮．古淵的騎兵就接連打了幾場大勝仗。為了保持這運勢，馮．古淵把夏米爾收為客席參謀，但這個神秘老頭從來沒甚麼進言，馮．古淵幾乎已遺忘了他的存在。

馮．古淵喪氣地又說：「你好歹也是我的參謀，若有甚麼建言就快說吧，否則就快點逃走。你雖然年老，但我也不想看見你在亂軍中身首異處。」

想不到夏米爾卻在這時開口了。

「為了勝利——不，應該說，為了取得更強大的力量，閣下不惜一切代價嗎？」

老人那認真的語氣，並不像在說笑。

「只要讓我打勝這仗，我甚麼都不管。」馮・古淵神色凝重，握緊腰間的劍柄。他已經決定了，要是這個老人只是拿說話來刺激他，或是以他的失敗開玩笑，就馬上揮劍斬下這蒼老的首級。「我連靈魂也可以不要。」

老人無言點點頭。他從懷裡拔出一柄像錐子的匕首。

□

馮・古淵與他的五十三騎親衛精銳，揮舞著刃身冰冷的長劍，全速朝庫曼人陣地衝鋒。

脫光盔甲的騎士們，只穿著「條頓騎士團」印有黑色十字架的白袍，輕鬆的身體重新貫滿能量。二百一十六隻馬蹄飛奔，白袍翻動飄揚。每個戰士都異常地沉靜，沒有發出半聲吶喊。

五十四人眉心處，各用匕首刻了一個鮮血淋漓的標誌：向左方旋轉的「鈎十字」，與他們盾牌上的徽紋相反。

就像奇蹟一樣，騎士們安然穿過庫曼人撒下的綿密箭雨。只有兩騎因馬匹中箭而倒地。也有十數人被箭矢劃傷，但都不是致命的部位。

馮．古淵更是全身毫髮無損地完成衝鋒。

一到短兵相接的距離，那就幾乎變成單方面殺戮。一向對騎射極自豪的庫曼人士兵，像被這一幕景象嚇呆了，紛紛倉皇逃跑。馮．古淵的騎兵隊如一柄尖刀，直插敵陣心臟。

鮮血從馮．古淵額上的「鈎十字」傷口流到嘴唇。他獰笑，伸出舌頭舐吃。

勝利的味道。

□

這場戰役從來沒有記載在任何典籍上。

三個月後，魯道夫．馮．古淵遭受開除軍籍及騎士團籍，並被投入黑牢的命運。

如此公然在戰場上施行巫術，在教廷眼中是不可饒恕的極惡罪行，即使殺了多少異教徒也不足以抵償。在匈牙利國王調停下，「條頓騎士團」獲得特赦——為了抵抗東方異教軍及保護商旅通道，騎士團仍具有極大的存在價值。

但馮．古淵的存在則必須抹消。

身在暗無天日的石砌黑牢裡，馮．古淵並不指望有誰來拯救他。跟他一起衝鋒的騎兵已經被當成陣亡者全數「處理」。他知道等在自己面前的只有火刑……

「你後悔嗎？」又是那把陰柔而蒼老的聲音。

馮．古淵瞧向牢房那僅有的小窗。並沒有人在那裡出現。不對，剛才的聲音不是來自外頭。

穿著修士袍的瘦小身影，就坐在石牢最陰暗的角落，僅能辨出身軀的一點輪廓。

馮．古淵沒有問他是怎樣進來的。這個老人已不是第一次令他驚奇。

「我沒有後悔。」馮．古淵微笑：「我勝利了。」

老人伸出雙掌，比一比牢房四周：「這樣就叫『勝利』？」

「每個人最後都得死亡。」

「真的嗎？」

馮．古淵好奇地瞧著那張藏在斗篷帽子裡的臉。

他們沉默了許久，沒有說半句話。

第十四章
巫毒之舞

五月九日　午夜
摩蛾維爾北面　穆努沼澤區

馮．古淵睜開眼睛。

剛才的影像究竟是夢還是回憶？他不知道。

吸血鬼是不必睡覺的。要是消耗了太多力量，或是長期缺乏鮮血補充，吸血鬼的身體機能會自行變慢，肢體變得僵硬，甚至完全進入靜止狀態，以保存和積聚殘餘能量。但這絕對和生物的睡眠不同。

——那麼吸血鬼會作夢嗎？

已經是接近八百年前的事了，還是沒有忘記，甚至沒有變淡。馮．古淵彷彿還嗅得到那個陰森石牢裡的霉臭氣味。

那是他仍身為人類的最後記憶。

現在他也被一股相似的空氣包圍著：濕氣濃重，隱隱帶著發霉腐朽的氣息。在沼澤一個大水潭旁，魯道夫・馮・古淵安坐石塊上的姿態，一如當年他坐在石牢裡一樣。他的皮靴踏著一條十二、三呎長、安靜躺在濕地上的大鱷魚。

眼前的舞踊儀式還在繼續：十幾個身軀強健的黑人男女，穿著僅僅掩蓋生殖器的短布，圍繞著地上不明動物的骨頭忘我起舞。他們身上用雞血塗抹著各種不同的巫術圖案，手足、腰肢、頸項像得了病般胡亂揮舞扭動。

他們想藉著舞蹈，驅去體內那重壓般的恐懼。

祖先們百多年前已經獲得解放；可是今天他們卻再度成為奴隸。

恐懼的奴隸。

帶來這股恐懼的「主人」，就坐在他們跟前。

馮・古淵撫摸眉心處的「鈎十字」刻紋。吸血鬼的因子實在很神奇，它能治癒身體任何嚴重的損傷，卻永遠記憶著「生前」所受創傷。馮・古淵曾經貪玩地用刀割去眉心大片皮肉。結果在數分鐘後，重生的皮膚上又再浮現出這個「鈎十字」傷疤——甚至連細微處也和先前一模一樣。

那次實驗裡他領悟到：記憶能夠寄存在血肉之中。這種能力的延伸，就是他製造「天國之門」的秘密。

「鈎十字」。馮・古淵失笑，想起已經死去五十多年的元首。那個集一流野心家、二流政治家、三流軍事家於一身的怪胎。到現在馮・古淵還是有點懷念他。當年聆聽他那大堆有趣而偏執的狂想，是馮・古淵少數的樂趣。

他想起最初跟元首見面的時候。在柏林一家酒館裡。他還記得，那個樣子有點滑稽的男人，瞪著他額上的「鈎十字」標記，雙眼像發現了寶藏般發亮。

數年後，「鈎十字」標記就在德意志鋪天蓋地般蔓延：在旗幟上、傳單上、政治宣傳海報上、袖章上、軍服上、匕首上、榮譽勳章上、全新的建築物上……

那二十幾年間，馮・古淵一直在旁冷眼觀看那場鬧劇。那場死了幾千萬人的鬧劇，是他漫長人生裡最有趣的經歷。

要是馮・古淵願意，也許能夠替元首扭轉敗局——只要把元首和所有黨衛軍都變成吸血鬼就行了。可是他沒有這樣做。在他眼中，人間的權力爭奪沒有意義。

——「公會」那些愚蠢的傢伙。世界應該是屬於我們的。現在那個時刻即將來臨了。我會讓你們知道，你們的想法是多麼錯誤。

正在跳著巫毒舞蹈的男女之間爆發一陣驚呼。他們慌亂地往兩邊排開，空出中間一條通道。

一個異常高瘦的奇特男人，帶著三名僕從沿那通道緩步而來，這情景令人聯想起神話中帶著以色列人民越過紅海的摩西。

男人身高幾乎達七呎，卻瘦得像根竹竿，大團亂生的鬈髮顯得更巨大。褐色的臉上長著一個狹長得異相的勾鼻，兩顆大眼珠深陷在眼窩裡，予人營養不良的感覺。一身棉麻的中東式寬袍，足蹬一雙繩織涼鞋。瘦弱的手腕上戴著許多不同顏色和花紋的藤製手鐲。

他那三個僕從都是白人，身上沒有任何部分與他相似，全部穿著城市人的衣服，但都髒穢不堪，看來已許久沒有換洗過。

三人的頸項都被一個吋許寬的銅圈密封，銅圈的前端裝了一個小巧的水龍頭。銅圈以上那三張臉一律蒼白得可怕，六隻眼看似快要睡著的模樣。他們拖著疲乏的步伐，跟在那個中東男人後頭。

中東男人帶來的還不只人類：他身旁有一大團蚊子在圍繞飛舞，三名僕從的腳旁則有二、三十隻老鼠亂跑亂鑽，也有的爬到他們的腿上。

他們直走到馮．古淵面前停下來。馮．古淵微笑著朝那中東男人伸出手掌。

「我渴了，卡穆拉。可以請我喝一杯嗎？」

中東男人卡穆拉無言，從袍襟內掏出一個形狀粗糙的陶碗，拿袍角抹了抹碗底，然後向後招手。

其中一名僕從趨前，引頸伸向卡穆拉。

卡穆拉把碗放在那個銅圈下方，然後扭開水龍頭。

那名僕從全身一陣震顫，臉上露出呼吸困難的表情。熱暖的鮮血從水龍頭注入碗內。直至碗七分滿了，卡穆拉才把水龍頭關上。那名僕從像突然得到解脫，深深吸了一口氣，然後以更疲困的步履退下。

繞飛在卡穆拉身周的蚊子群，有十幾隻衝向那碗鮮血，馬上變成浮在血面上的屍體。

馮．古淵把碗接過來，連同蚊子的浮屍一口乾盡。他抹去嘴角淌滴的血污，滿足地把陶碗還給卡穆拉。

「你說的那個『達姆拜爾』，他還沒有來。」卡穆拉的聲音低沉如牛鳴，帶著異國口音。

「嗯……」馮．古淵的微笑沒有改變。他伸手撫摸胯下那頭鱷魚的嶙峋背項：「比我想像中遲了些……」

「你最好不要騙我。」卡穆拉沒有任何表情地說。「他也最好像你說的那麼重要。你知道我是冒著多大的危險到來。『噬者』的戰士也許已經來臨。我要是有甚麼不測，我族是不會放過你的。」

「你不會失望。」馮．古淵站起來，撥弄他那頭金長髮。「摩蛾維爾。記著這個地方的名字。它將成為吸血鬼歷史的轉折之地。我們的起點。」

「我正悶得發慌。」卡穆拉對馮．古淵的豪語沒有反應，仍是神情冰冷。「你不是說過有個很有趣的餘興節目的嗎?趁著那『達姆拜爾』和『鴆族』的使者還沒有到來，表演給我看看。」

「那是為了迎接他的一個小遊戲。」馮・古淵從口袋裡掏出一疊「天國之門」請柬。「既然你這麼心急，現在就開始吧。」

第十五章
死地

五月九日　凌晨三時十五分
摩蛾維爾

在鎮入口迎接拜諾恩和里繪的，是一隻被斬去頭顱的公雞。

牠就掛在那個已生鏽的「歡迎光臨摩蛾維爾」路牌上。從斷頭處噴撒的雞血沿著路牌的木樁流下，在街燈映照下凝結成深褐色。附近的草地落下許多公雞掙扎脫落的羽毛。

里繪駕著車緩緩駛過那路牌，感到一陣惡寒，並令她聯想起從網路上查到關於這個小鎮的歷史：

摩蛾維爾位處路易斯安那州東南部，距紐奧爾良市五十二哩，是個人口不足五百人的偏遠小鎮。在兩百多年前的法國殖民時代，這裡曾經擁有新大陸產量最高的棉花田，其遺址仍荒棄留存至今。

一六六六年，棉花田的非洲黑奴爆發暴亂，把園主迪．干提男爵全家及所有白種傭工共五十餘人殘殺，屍體扔入附近的穆努沼澤。七日後殖民地士兵進入平亂，把仍留守在園內的奴隸全體處刑。

根據簡短的資料記載，當軍隊進入時，黑奴男女們仍陷在殺死了壓迫者的興奮、又知道即將受到報復鎮壓的矛盾與狂亂狀態中，進行著各種崇拜儀式及淫亂雜交以自我麻醉……

車子駛進鎮中心。越是深入摩蛾維爾，里繪越是有種陰森的感覺。拜諾恩還睡在後座。她很想喚醒他——這時候她很想是找個人來談話。但她曾向尼克承諾過能夠照顧自己。她強忍著那股劇烈不安。

鎮內幾條商店街一片死寂。多數已經關了燈，只有幾家門前亮著昏黃燈泡。街上看不見半條人影。

——不要害怕，這是正常的……現在是凌晨時分啊，這裡又不是甚麼大城市……

但是她越來越感到不對勁。就在車站前，一輛空無一人的「灰狗」長途公車斜斜停在那裡，好幾片玻璃窗碎裂了。車廂裡仍有燈光亮著，卻似乎無人理會，就像被匆匆棄置。

還有另一邊邊的爵士酒吧，外頭有三張露天餐桌，上面還放著未喝完的啤酒瓶和吃剩的漢堡。

——不要再看了！先找個落腳地方再說……

從網路下載的摩蛾維爾鎮地圖，里繪早已牢記在腦袋裡——其實也就不過幾條街道，她受過連線電玩遊戲的嚴格「訓練」，記憶地圖是強項。她把轎車加速，朝著旅館的方向駛過去。

沿路還是看不見一個人。更沒有其他車輛駛過。

她記得這條路會經過鎮警局。她一邊把著方向盤，一邊留神看著。

看見了。

里繪生平第一次看見，居然有關了燈的警局。窗戶內漆黑一片。前門關閉著。

她不敢再想。腳掌猛踏加速器。

終於她舒了口氣。那個閃動的霓虹招牌仍然亮著。「棉花汽車旅館」。

車子駛入旅館內。停車場空地上依舊空無一人，只停著一輛車，是很漂亮而且馬力強勁的吉普車，看來非常新，似乎並非屬於本地人所有。

——有其他的客人入住啊……這算是好事還是壞事？

里繪把轎車停在與吉普車相隔一個車位的地方。關閉引擎後，她深深呼吸了幾口。畢竟已經連續駕駛好幾小時，而且都是在燈光不足的午夜公路上，令她十分疲倦。

「尼克，起來啊。我們到了。進去房間再睡吧……」

她回頭瞧向後座，才發現拜諾恩早已不在。只有波波夫仍安詳躺在那裡，以一雙瞳孔放大的晶亮眼睛回看她。

里繪感覺頭皮發麻。自進入摩蛾維爾後累積起來的恐懼，似乎就要在這孤獨時刻一起爆發——

「砰」地一聲，轎車前頭引擎蓋被甚麼東西壓上了，在這靜得怕人的環境特別響亮。

里繪無法按捺地尖叫，然後下一刻就呆住了。

壓在車蓋上是個金髮中年女人，看不出確實的年齡範圍，只因一張臉全是浮腫和割傷。她俯伏在車蓋上，與里繪近距離對視。是絕望的求助眼神。

她卻發不出呼叫，因為嘴巴被塞入了一個公雞頭。

那女人突然痛苦閉目，牙齒深深咬入那生雞頭，血水自嘴角淌下。她的身體劇烈地搖動起來，連車子也跟著一起晃。

一個全身赤裸、胸口滿是紋身的金髮壯男正站在她身後，腰部朝著女人的後臀一記又一記地猛烈衝擊。

里繪既害羞又慌亂。她不知道是該奪門而出，還是把車子發動——

一隻手掌急激拍打她身旁車窗，唬得她幾乎從座椅上彈起來。這次出現的是另一個男人的臉，他跟車前那個強暴者露出同樣瘋狂的神情，整張臉都因為亢奮而充血。這男人伸出猩紅長舌，在車窗上舔攪了一輪，遺下大片的涎漬，以充滿慾望的眼神盯著里繪，吃吃地狂笑。

接著是另一個、兩個、三個……一個個同樣作機車族打扮的健碩白人在車子周圍出現，從四面拍打著車窗，還用靴子踢車身。「豐田」轎車的搖動更加劇烈。

前面隔著擋風玻璃，那個女人的臉扭曲著。

里繪拚命拉著車門不讓外面的人打開，不斷搖頭尖叫。

車子的晃動突然靜止。

四周男人的嚎叫也停下來。

那個正在施暴的赤裸壯男，不知何故已軟癱在地。

四周的機車族惶然抬頭——

拜諾恩像隻大黑鳥蹲伏在車頂上。

沒有人看見他何時出現。正如也沒有人看得清他再次躍起的動作。

第一個來得及反應的機車族，僅僅只是伸手指向拜諾恩，還沒呼喊同伴，那條手臂已有三處同時骨折。呼喚變成了慘叫。

第二個人轉身逃跑。他一把金長髮卻被拜諾恩抓住。下一刻，那把頭髮已不屬於他，連同髮根的大片皮膚給硬生生撕下來。他抱頭在地上翻滾，彷彿被無形的火焰燒灼著。

最後一人總算來得及拔出插在腰帶上的左輪手槍。但是沒有用，那條右臂根本不聽使喚。他用力想伸直手肘，肘關節卻反而朝內彎曲。接著是手腕。

手槍變成對著他自己。槍口緊貼太陽穴上。

拜諾恩的食指，伸進了手槍的扳機圈。

他眼瞳裡有一股寒冰般的殺意。

「不要！」里繪打開車門吶喊：「尼克！不要殺人啊！」

「尼克」這個稱呼，像擊在拜諾恩心臟一記鐵槌。

——慧娜從前也習慣這麼叫他。

扳機卡動。零點三八口徑的子彈，夾著煙與火花自槍口旋轉射出——

把那機車族的右耳打碎。

手槍飛跌，落到十幾呎外。

聽見那個機車族痛楚的慘呼，里繪這才按著心胸鬆了口氣。再定下神來時，她發覺拜諾恩已脫下其中一個暴走族身上的夾克，裹在車前那女人身上，輕輕把她扶起來。

「尼克，你沒事吧？」

拜諾恩的臉有點古怪。似乎比未睡覺前還要疲倦。眼皮浮腫，眼珠充滿血絲，下巴突出濃密鬚根。

但他的詭異笑容，令里繪更擔心。

「我很好。」拜諾恩的眼眉高高揚起：「不，應該說，我從來沒有像現在感覺這麼好。」

第十六章
獵人的聚會

拜諾恩握住旅館管理員辦公室正門的手把。鎖上了。

此刻整個摩蛾維爾鎮恐怕已成為戰區。他把敏銳的各種感應能力擴張至極限。任何聲音、氣味、空氣流動以至溫度變化，一絲一毫都逃不過他的分析。

——裡面有人。兩個……三個……不，更多……

「你們退後一些。」他吩咐身後的里繪和那個仍處於失神狀態的女人，伸腿把辦公室門踢開。

室內一片漆黑。「達姆拜爾」的夜視能力全開——

一柄雙管獵槍的槍口，從左側十呎處指向他。

拜諾恩的身體以超越人類肉眼所能捕捉的高速，朝辦公室內飛移，正準備反擊時，他卻赫然發現：

那雙粗大的槍管仍分毫不差地對準著自己。

——不可能。他的眼睛怎麼捕捉到我的所在？除非不是人類——

在這一念間，拜諾恩又再急速曲折移動，身體的方向短短一秒內改變了三次——

獵槍卻仍然對準他。

他看見握槍的手正在扳機——

拜諾恩冷汗直冒。

一邊槍管爆出微微的火焰。

拜諾恩的視覺提昇至前所未地敏銳。

——他不知道有沒有可能辦得到。但這是唯一的方法。

他看見了。

從槍口撒射而出的幾十顆鉛彈。每顆他都看見。

在那散射的形狀分布裡，拜諾恩判斷出最疏落的方位。全身迎著那個細小缺口衝進去。雙臂保護著頭——

就像奇蹟一樣，拜諾恩穿越了那叢霰彈雨。只有四顆鉛彈擦過他的手臂和肩頭。

這一躍把雙方距離拉近至五呎。然而拜諾恩勢道已盡。半秒之內他都不可能再做任何動作。

而那柄獵槍的右邊槍膛裡，還有另一顆霰彈。

「不要！」

一把很好聽的女聲在室內響起。說的是拜諾恩聽不懂的語言。握槍的人遲疑了，並沒再扣扳機。

拜諾恩沒有放過這生死間髮的瞬間空隙。一柄十字架匕首從手掌內飛射而出！硬物擊撞的聲音。

獵槍連同插進槍管裡的匕首，旋轉往空中飛去。

拜諾恩再把兩柄匕首拔出，交叉保護胸前，與那失去了槍的敵人對峙。他沒有乘勢追擊。剛才那把女聲發自他身後右方，他正處於被前後夾擊的位置，最好還是先看清楚形勢。

「等一下。」說話的是面前那人。拜諾恩這才看清：是個身材矮胖、蓄著鬍子、相貌有點醜陋的亞洲人。他舉起雙手，表示沒有惡意。「你跟外面那些混球不是一夥的吧？」

後面那女人也小心地緩步走過來。「對不起。是我們弄錯了。因為你身上有很強烈的……某種氣味。」

「是吸血鬼的氣味。」拜諾恩收起匕首，淡然回應。

「你知道？」男人以興奮的眼神打量著拜諾恩：「哈哈……貞姬，這可是第一次遇上『行家』啊！」

拜諾恩也仔細看著這對男女。這也是他獨自狩獵這麼久以來，第一次遇上其他吸血鬼獵人。從剛才的戰鬥判斷，這個男人擁有著超人的反應神經。

——是超能力者嗎？天生的？

宋仁力和文貞姬突然變得緊張，轉頭瞧向門前。

踏著無聲腳步進來的是個細小身影——黑貓波波夫。兩夫婦雙視一笑。

里繪從門旁探頭往裡看：「尼克，沒事吧？剛才的槍聲……」

拜諾恩揮手示意她進來。里繪扶著那被強暴的女人走入辦公室。文貞姬上前幫忙，把那女人送到員工休息室的沙發躺下來。

拜諾恩整個人的情緒，陷於一種焦躁和極欲向敵人發洩的狀態裡，剛才對著那幾個機車族，出手之暴烈與對付吸血鬼沒有很大差別。

如今遇上了這兩個新相識的獵人，他連招呼也沒耐性打，只是很直接地問：

「告訴我，這鬼地方到底發生了甚麼事？」

同時

摩蛾維爾警局外

「黑色皇后」布蘭婕穿越濕氣濃重的夜霧，無聲地飛奔於商店街屋頂之間，再一躍而下到達警局後面的巷裡，身體貼伏在牆壁上。整個動作連貫而俐落，猶如沒有實體的魅影。

多梵的命令早已拋到腦後。她沒有這個耐性。甚麼「血怒風」或「鴆族」使者，她統統不管。她只要魯道夫．馮．古淵。

布蘭婕因為私下殺害同類，被公會長老判以二百五十年的幽禁刑罰。這次以帶罪之身出動，她決心拿下馮．古淵的頭顱來換取自由。

然而情況出乎她意料之外。摩蛾維爾在數小時之間變成了一座死城。

——難道是魯道夫設下的陷阱嗎？可是他應該知道，這些人類在「動脈暗殺者」眼中，就像紙靶一樣，沒有任何作用的啊……

隔著牆壁她嗅到，警局內充溢著她最喜歡的一種香甜味道。她感覺有點渴了。

布蘭婕從其中一個洞開的窗戶躍入，鑽進漆黑的警局內。這裡是茶水間，地板躺著一具穿制服的屍體，血泊自滿身彈孔流瀉了一地，空氣中殘留著微微的硝煙味。

她沒有看一眼。高貴的皇后，從來不喝死了五分鐘以上的屍體流出的血。

布蘭婕步出茶水間，越過另外兩個警察的屍體。

前面就是報案室，傳來三個男人的興奮談話。

「這些政府的走狗，早就想殺光他們！真痛快！」

「你看，堂堂一個警察局，就只放著這些爛槍！比我們的差得太遠啦……」

「不，這枝狩獵步槍挺不錯啊！大概是警長的私人珍藏吧？」

看見布蘭婕從後面突然出現時，那三個身穿墨綠軍服、戴著夜視鏡的民兵一陣愕然。警局所有槍枝都堆在三人之間，他們正在逐一檢視這些戰利品。

「哦，原來是頭小黑豬。」其中一人訕笑。他透過夜視鏡審視布蘭婕緊身衣底下的豐滿身體，舔舔嘴唇：「就是這些懶惰的黑豬，把這個國家搞得一團糟！你看我們要怎樣教她賠償？」

另一人拔出滿是鋸齒的求生刀：「先把她的衣服割開再說！喂，妳最好別亂動，不然我一不小心把妳那大胸脯割下一邊來……」他獰笑著一步步走近布蘭婕。

第三個人咬著一根未點燃的香菸，沒有說話，只是交疊雙臂吃吃笑。

布蘭婕沒有憤怒，也沒有笑。

她只是以看著三頭待宰的豬的目光看著他們。

下一秒鐘，那個正走近她的人手上的求生刀就掉了下來。

一柄像手術工具的彎弧短刃，刺穿了夜視鏡，從眼窩直貫入腦。

抱著臂那個男人驚呆了，香菸從他胸前滑落。

接著他的嘴巴再次咬住另一根東西：他自己的陽具。

餘下那個民兵陷入了瘋狂，提起輕機槍猛向前掃射，把兩個同伴都打成蜂窩。

直至一排三十顆子彈打光了，他仍未放開扳機——或者應該說，他那隻已脫離手臂的右掌，還沒有放開扳機。

一具冷冰冰的女體，從背後貼抱著他。

頸側有股半帶著快感的劇烈疼痛。

生命隨同熱辣辣的鮮血，自頸動脈流瀉。

布蘭婕一邊吸血，一邊雙手掃撫那屍體胸腹。在右邊的口袋處，她摸到那張卡片。她以兩根手指輕輕拈出它。是「天國之門」。

——魯道夫，我越來越喜歡你了……

同時

棉花汽車旅館

「電話線也被破壞了。」

旅館主人是六十五歲的莫里斯先生，鬢髮都已全白，瘦小的身軀彷彿比往日更要虛弱。他悵惘地拿著那長鳴的電話筒，與在員工休息室裡避難的十幾個鎮民面面相覷。

「怎會變成這樣的？」逃亡到這裡來的還有班哲明。他不敢想像「飛鳥唱片行」此刻已經變成了甚麼模樣。那是他二十多年的心血，也是他唯一的財產。「這個小鎮一向都是很平靜……自從那些外人來了後……」

十幾個男女不約而同以懷疑的目光，瞧著站在大門旁的拜諾恩。這個穿黑大衣的奇怪男人，臉容和身姿散發著一股誰都感受到的不祥——而且帶著一頭黑貓……

宋仁力拿著杯冒出熱氣的黑咖啡走到拜諾恩跟前，把杯子遞給他。「喝吧。你的臉色很難看。」

拜諾恩沒有看他的眼睛，只是默默接過咖啡杯。他這兩天完全沒吃過任何東西。但是只要一想到慧娜，他的胃就像被一隻隱形的魔爪緊捏。

里繪坐在沙發上，埋首於膝上的筆記電腦。電腦的內置通信介面連接著她的行動電話。但是在這麼偏僻的地點，根本就沒有可接通的網路。她十指在鍵盤上飛快彈動，努力尋找其他網路頻道，結果還是失敗。

文貞姬饒有興味地看著里繪工作，仔細端詳著這年輕女生的臉。里繪的眼睛不離螢幕，但早已察覺文貞姬那雙細長的美麗眼睛正盯著自己。她有點害羞，不敢回看她。

文貞姬發現里繪穿著的長裙和鞋子。

「噢，這是我的作品啊。妳穿得很好看呢。」

里繪既尷尬又驚奇：「是嗎？啊……對了，我早就覺得你們有點眼熟！原來是……」她快要笑出來，這才想起拜諾恩就在這裡。

——不行，現在不是笑的時候。

里繪瞧著拜諾恩，這才發現他根本沒有看過來。她有點失望，但也暗自吁了口氣。文貞姬看看里繪，又看看拜諾恩，然後狡黠地微笑。

「這些鎮民……」拜諾恩終於開口說話：「是你們救來這裡的嗎？」

「我們只能救出這批人。」宋仁力皺眉：「其他的都不見了。希望他們能及時躲起來吧。」

「你知道那群傢伙發狂的原因嗎？」

宋仁力點點頭：「我有個朋友，嗑了這個之後，就變得一樣瘋狂。」他從衣袋掏出那封默納爾舔過的「天國之門」。

拜諾恩的目光放大了：「這東西你也有？」

「假如我沒猜錯，他們全都是被這東西吸引而來。」宋仁力在指頭間把玩著請柬：「我跟貞姬也是。你也一樣吧？」

拜諾恩沒有回答。若是換作從前，遇上同道獵人，他也許會覺得有點高興。但現在他實在沒有心情。

「這個請柬的主人好可怕啊。」宋仁力的胖臉上看不見絲毫恐懼：「看過這鎮裡的情景，我更加想消滅他。你也是為了同一個目的吧？我們聯手把那怪物揪出來！」

拜諾恩打斷他：「我不知道你們有多少狩獵經驗。也許你們確實很在行。剛才我也領教過了。」他指指宋仁力胸前掛著的獠牙：「但這次不是你們平日的狩獵遊戲。」

「你是認為我不夠專業嗎？」宋仁力正要爭辯，妻子卻已在後面按住他的肩膀。她那柔軟的手掌，總是能夠平息他的暴躁。

文貞姬凝視著拜諾恩的眼睛。拜諾恩也在回看她。在這美麗溫婉的女人凝看之下，大多數男人都會有點動容。但拜諾恩完全沒有。文貞姬感覺就像瞧著一塊堅硬的寒冰。

「你……」文貞姬閉起眼睛：「跟那怪物是相識的。糾纏不清的宿怨。他奪去了你最寶貴的東西……你來這裡是為了討回。」

「妳會讀心術？」

文貞姬睜目微笑：「不完全是……我能夠看見每個人身體散發出來的『氣』，並且從那『氣』的『顏色』中閱讀到重要的信息。」

「尼克，他們是好人啊！」里繪也過來勸說：「就讓他們幫忙吧。」

里繪的說話，令拜諾恩的表情軟化了一點。

文貞姬笑著摸摸里繪的頭髮，悄聲在她身邊說：「妳對他的影響力可不小啊。」里繪聽了一陣臉紅。

「我們也得想辦法，救救鎮裡的人。」宋仁力說。「但是只憑我們幾個人……」

「那些人雖然凶暴，但都只是人類吧？」里繪說。「最好能夠聯絡上執法部門，讓他們派軍警來。沒有電話線，就只剩下無線電和衛星通信兩個方法了。這兩種設備我都沒帶來。」

「我的吉普車上有全球定位和衛星導航系統啊。」宋仁力拍拍手掌說。「妳有辦法嗎？」

里繪雙目發光：「太棒了！花一點時間改裝連結，並且改寫裡面的程式碼，應該辦得到的！」

「但是也許已經太遲。」文貞姬的語聲罕有地冷漠。「你們看看窗外。」

□

拜諾恩推開辦公室大門，步出停車的空地，獨自面對那三十多個神容凶惡的男女。

他們裡面有機車族、拉美裔幫派份子、城市的黑人毒販，還有幾個看不出背景，但明顯也不是善類的傢伙。他們全露出像麻藥中毒般的呆滯表情。大部分都拿著兵器：開山刀、彈簧刀、機車鍊、金屬球棒……當然還有槍枝。有人手裡提著仍在滴血的頭顱。空地上滿是凌亂的血紅足印。

裡面還包括剛才被拜諾恩打倒的幾個機車族。他們剛才都在痛苦叫喊，但現在似乎對所受過的創傷已無所覺。其中被扯去頭皮那男人，伸出長長舌頭，上面沾著鮮烈的紅色。他手上拿著一封「天國之門」。

「你是不是尼古拉斯．拜諾恩先生？」一個身穿紫色西裝、雙腕和頸上戴滿白金飾物的毒販開口。

——看來要正面交戰了。

拜諾恩緩緩向那群人走過去。他們沒有一個敢接近，像潮水般向兩旁退開。

他沒看他們一眼，逕自走到里繪的轎車旁，掀開後門，把他那沉重的黑色皮囊拖出來拋到地上，發出沉重的金屬撞擊聲。

「帶我去見你們的主人吧。」

同時

摩蛾維爾外圍

多梵蹲在幾棵樹木之間，正在仔細研究手上一張摩蛾維爾鎮的地圖。細密的雨打在他身上，他似渾然不覺，仍專心地閱讀地圖上的街道佈置。

不能容許任何戰術上的錯誤。

有極細的足音在接近他。他並沒有戒備——從步聲已分辨出是自己的部下。

兩個全身裹在黑色戰衣裡的「動脈暗殺者」站在多梵跟前。其中一個提著雙頭短矛，另一人則雙手各戴一副獸爪般的兵刃。

「為甚麼擅離崗位？」多梵以威嚴的語氣問。

「我們發現了闖入者。」握著短矛那名「暗殺者」說：「從小鎮西部的狹路進入。」

「那不是『皇后』負責守備的地點嗎？她有沒有妄動？」

兩人對視了一眼。「布蘭婕不見了……恐怕已進入鎮裡。」

多梵沒有憤怒，反而在冷笑：「那闖入者你們有看見嗎？是怎麼樣的人？」

「只是遠遠看見了。」戴著獸爪那人回答：「徒步的。移動得很快，也許不是人類。身材很小，穿著一襲黃色雨衣，看不見面孔。」

「聽說『鴆族』是來自遙遠的東方，也許身材也普遍矮小。」另一人說。「多梵先生，會不會就是他們的使者？」

多梵也無法確定。儘管他是「吸血鬼公會」成立後的第一代「動脈暗殺者」，但那已經是吸血鬼戰爭結束百多年後的事情，他從沒有跟異族交過手。

——有時候他甚至懷疑：所謂「異族的殘餘勢力」，只是「公會」領袖們虛構的說法。長期營造假想的外敵，是鞏固統治權力的最有效方法。

多梵一直在沉思著沒有回答。握短矛那名「暗殺者」忍不住問：「多梵先生，要把布蘭婕追回來嗎？她這麼獨自硬幹，不是會打亂我們的部署嗎？」

另一人則在空中揮了揮鋼爪，恨恨地頓足：「我早就知道，這個狂妄的『黑色皇后』會壞了大事……」

「不用擔心。」多梵卻顯得輕鬆：「她違抗命令，早就在我預料之內。就讓她作開路的卒子吧。」

多梵花了幾百年時間才爬上「動脈暗殺團」副團長這個位置。「黑色皇后」布蘭婕雖然乖戾不馴，但純以實力論，將是他未來政治上的競爭對手。

——就讓她跟馮．古淵好好敘舊，解決他們之間的宿怨吧。餘下的殘局就由我來收拾……

第十七章
沼澤・病毒・月光

凌晨四時二十二分
穆努沼澤區

那群惡徒築成一個圓陣，把拜諾恩包圍在中央，卻不敢與他貼近而行，只是一同穿越這片潮濕的叢林地。

綿雨灑落在拜諾恩身上時，竟馬上蒸發出團團霧氣。神情肅穆的他帶著這股白霧，不徐不疾地往前步行。

所有愛用的狩獵兵刃都已帶上：黑大衣裡收藏了十多柄細小的火焰狀飛刀，腰帶兩邊各佩著西洋長劍與廓爾喀彎刀，十字架形的銀匕首收在袖內與靴筒裡，左手穿戴著那具碩大的硬皮革製刀爪，一雙鬼頭雕刻的鈎鐮刀連接著長鎖鍊垂掛肩上。

——這也許是我最後的戰鬥了。

最前頭的兩名惡徒手提著強力手電筒開路。沼澤區裡的視野極糟糕，但四周一草一木都逃不過「達姆拜爾」的夜視目力。

唯一令拜諾恩寬心的是：這群混球來迎接他，也就沒空在鎮裡作惡。他已拜託宋仁力夫婦保護里繪和其他人，並且盡力找尋逃生的方法。

「天亮以前不要動身。」臨行前他囑咐宋仁力：「我感覺得到，這個城鎮已經被包圍。連空氣裡都有吸血鬼的氣息。恐怕為數不少……」

拜諾恩想起他的老師。「史上最偉大的吸血鬼獵人」、以凡人之軀獵殺過十一隻凶暴吸血鬼的大師彼得．薩吉塔里奧斯。他想起與彼得第一次——也是最後一次——共同狩獵的那個晚上。

那一夜與這晚上完全不同。那是一片晴朗的夜空。他孤寂坐在星光底下的屋頂上。

之後，是喉嚨被利箭貫穿的感覺……

瀕死狀態中，他聽見「鈎十字」把彼得的頸骨捏碎的聲音。

拜諾恩撫摸胸前。彼得送給他的銅鑄十字架項鍊，長年都掛在那裡。

他又摸向腰間的尼泊爾廓爾喀彎刀。那是彼得的另一件遺物，是他人生首次狩獵吸血鬼所用的武器。戮心，斬首，火化，把骨灰撒入火海中。一九五六年的事情。

拜諾恩常常想像：彼得身為一個普通人類，在面對具有壓倒性力量的吸血鬼時，要克服多麼巨大的恐懼。

——彼得，把你的勇氣借給我。

拜諾恩想到這裡不禁苦笑。上次與「鈎十字」遭遇時，他與彼得佈下了森嚴的殺陣；而現在，他卻明知故犯地闖進「鈎十字」的陷阱裡。

但他沒有選擇。正如文貞姬所說，那裡有他「最寶貴的東西」。

——雖然慧娜已經不再愛我，但這不幸是我帶給她的，我必須親手解決。

前方的樹木漸漸疏落。拜諾恩看見曲折小路盡處出現火光。濕氣更加濃濁。他嗅到沼澤水潭獨有的霉腐氣味。

火堆就生在那水潭旁的泥地中央。火光四周的泥土地，竟然在起伏蠕動。

再看清楚一些，才發現那並非土地在動，而是伏在地上的一具具膚色深沉的肉體。亂交過後的那群黑人男女赤裸躺著，渾身沾滿泥濘、鮮血與精液。一雙雙失神眼睛反射著火光。當中混雜著慾念、恐懼與絕望。

帶引拜諾恩的那群惡徒都止步，聚攏在他身後幾公尺外。他們收起剛才的瘋狂笑容，彷彿突然從嗑藥狀態中清醒，一個個恭敬垂首地默立。

拜諾恩抽出左腰的銀色長劍，以戰鬥姿態跨過地上那些黑色的肉體，站在火堆跟前。黑色長髮因那上升的熱氣而亂舞飄揚。火光自下而上，映得他一張臉如同惡鬼。

「出來吧。我已經嗅到你了——你的氣味，我至今不曾忘記。」

於是「鈎十字」就從水邊那株大樹後面出現。

「終於見面了。」

「鈎十字」穿著整套納粹軍官服：黑色的襯衫、領帶、寬褲、長靴、皮革手套與大衣。軍帽上的鷹形徽章在閃閃發光。左手提著插在鯊魚皮鞘內的西洋軍刀。那身姿，與過去戰爭時代一樣地英挺。

「我還沒有跟你自我介紹過。」「鈎十字」微笑：「我名叫魯道夫．馮．古淵。」

就像反射作用般，馮．古淵的懾人微笑，頓時令拜諾恩打了個寒顫。第一次看見這笑容時，拜諾恩的「達姆拜爾」血統未被完全喚醒。那時候他握著獵槍，身體感到異常的虛弱，心靈完全被這頭美麗的怪獸壓倒。

——不。我要克制著記憶中的恐懼。

「本來在倫敦時我可以來跟你打個招呼的。」馮．古淵又說：「但是那裡有太多我不想看見的人，我不可以讓他們知道我的存在。」

「別多說了。」拜諾恩打斷他。「慧娜在哪裡？你要用甚麼來交換？」

「假如我說……要你的性命呢？」

「沒有這麼簡單吧？」拜諾恩盡量壓住心底的焦慮與暴怒：「你要殺我，找我就可以了，不用費那麼大的勁。」

「不愧是當過刑警的。」馮・古淵拍拍沾在大衣上的霧珠。「布辛瑪的筆記本帶來了沒有？」

拜諾恩把長劍插在地上，右手伸進大衣內，掏出一本包覆著硬皮的本子，拋給馮・古淵。

馮・古淵接過來，隨便翻開一頁。

「真是令人懷念的字跡。你知道嗎？布辛瑪先生是『吸血鬼公會』裡最頂尖的學者，對於吸血鬼的研究沒有人比他更深入。你有沒有讀過這本筆記？」

拜諾恩點點頭。

「那麼你大致明白，為甚麼會有『吸血鬼公會』的存在吧？還有上次你殺死的那個『開膛手傑克』的真實身分……嗯，對了，這一段寫得很好……」馮・古淵開始朗讀筆記本的內容：

吸血鬼（Vampire）與病毒（Virus）的類同

一、現代科學仍未能夠完全確定，病毒是不是具有生命的東西。或許更準確的定義是，病毒是「世上結構最複雜的死物」，或「世上最簡單的生命體」；而吸血鬼為「活死人」（Undead），介乎於生存與死亡之間的一種存在。兩者的定義極為接近。

二、病毒無法自行複製或繁殖，只能夠入侵其宿主的細胞，借用細胞的機能複製自己；吸血鬼同樣不具生殖能力，其「複製」方法是把自己的因子注入人類身體內。

三、病毒能夠把自己的基因植入宿主的細胞中，後天地改變該細胞的基因排序，從而改變它的機能；吸血鬼因子在進入人體後能產生同樣的效果。最明顯是令身體細胞的治癒能力大幅活性化，並且阻止身體產生能令細胞老化的化學物「自由基」（Free radical）。

另外還有第四點至今未能證實：病毒因為繁殖過量，最終會令宿主死亡滅絕，自己也走向毀滅；但在吸血鬼方面，由於「公會」的存在，有意識地限制同類的增殖數量，並未出現與人類同歸於盡的危機……

拜諾恩也讀過這段東西。最初他在倫敦得知「吸血鬼公會」的存在時很是驚訝，也有點疑惑：個別的吸血鬼已經對人類安全構成重大威脅；而吸血鬼竟然還結成了權力組織，按理他們要稱霸世界和臣服人類並不是甚麼難事。可為甚麼這種事情沒有發生？

讀過布辛瑪的筆記，還有那本《永恆之書》的部分章節後他才明白：「吸血鬼公會」的成立目的，並不是結合力量向人類宣戰；相反，他們是為了限制吸血鬼的數量，避免吸血鬼與人類之間的食物鏈供求出現失衡。

他又記起上一次與「鈎十字」魯道夫戰鬥前，對方所說過的話：

「來當我的同伴……我們能夠把整個世界掌握在手。有一天，地球將會成為我們任意獵食的樂園，我們不必再活在黑暗裡！」

很明顯，眼前的魯道夫・馮・古淵，擁有與「吸血鬼公會」差異極大的信念。

「你說的這些都與我無關。」拜諾恩冷冷地說。「我不理會你有甚麼野心。我也不再關心吸血鬼的事情。我已經放棄當獵人了。」

馮・古淵瞇著眼睛不斷搖頭：「你太天真了……你忘了嗎？『開膛手傑克』。你有看過布辛瑪的筆記本，應該知道他就是『默菲斯丹』——在吸血鬼的古語言裡是『活死人的殺戮者』。『吸血鬼公會』的先祖『噬者』一族，就是使用這個終極兵器而取得霸權；而你憑一己之力擊敗了他！不，更重要還有一點：『默菲斯丹』的血液，是對吸血鬼的劇毒；而你卻能夠克服這種毒素！你知道這對於吸血鬼世界而言，有多大的意義嗎？

「我並不是為了你而去倫敦的。我是為了『默菲斯丹』。你的出現是個巧合。可是你卻給我多麼大的一個新發現！」馮・古淵越說越得意：「對我來說，你就是拼圖遊戲裡的最後一塊。」

他把筆記本收進衣袋裡。「現在一切條件也齊備了。我們明天開始，就去改變這個世界吧！」他咧開嘴巴，露出尖利的獠牙。

「你說完了嗎？」拜諾恩看見馮・古淵那張被權力欲沖得極端亢奮的臉，有點想嘔吐。

馮・古淵收起笑容：「我說的話，對你沒有一點意義嗎？」

「你大概搞錯了吧？我不是你的同類。我是人。」

「你是這麼以身為人類而自豪嗎？」馮・古淵目光中充滿鄙夷。「人類真的有那麼高貴？人類不吃其他生物嗎？全世界的人每年吃多少頭豬？而且還大規模地蓄養和屠宰。人類吃豬是不是邪惡的事情？這與道德無關啊。食物鏈你有聽過吧？誰更高級就有吃別的生物的權力。**這是自然的法則。**」

「我來這裡不是為了跟你辯論。」拜諾恩拔起插在泥土上的長劍。「我只知道一件事：你馬上把慧娜還給我。」

「很頑固的傢伙。我還以為我們能夠成為同伴……」這次馮・古淵並不是在嘲弄他，而是真心感到失望。「好吧。就還給你。」他拍拍戴著皮革手套的雙掌。

另一方樹叢旁，身穿中東衣裝的高瘦男人卡穆拉，帶著身旁大群蚊子出現。他手上抱著一個粗布包裹。

「接著。」卡穆拉以低沉的語聲說，把那布包拋向拜諾恩。

那是個大小像頭顱的布包。

其中一端沾滿褐色的血跡。

拜諾恩的靈魂，瞬間如沉進了冰河。

儘管事前拜諾恩多麼努力地控制著自己情緒，他的心神還是不由自主地崩裂了。

他不由自主拋下長劍，伸手去接那血布包。

卡穆拉在拋出布包同時，雙手順勢自下而上，摔出藏在袍袖裡兩支象牙製的尖簪，在那布包的掩護下暗暗朝拜諾恩下身飛射。

拜諾恩把布包接抱在懷。**像抱著嬰兒那樣。**

濃濃的血腥氣味。布包縫隙露出染血頭髮。

同時間，兩支象牙簪深深插進拜諾恩左右大腿。

彷彿那布包有著千斤重量，拜諾恩雙膝跪地。

與卡穆拉早有默契的馮・古淵，這時已躍到拜諾恩跟前。

拜諾恩喉嚨有一股強烈的窒息感。就像數年前馮・古淵扔出的弩箭，刺進他喉間那時候一樣。

他單手抱著布包，左手仍勉力用刀爪攻擊馮・古淵。但是欠缺雙腿發力，這一爪在馮・古淵眼中根本軟弱無力，軍刀迅速一揮就將之擊去，那力量上的差距，更令刀爪從拜諾恩左手飛脫掉落。

馮・古淵緊接拋去軍刀，雙手奪去拜諾恩掛在肩上那雙鬼頭鈎鐮刀，以連接刀柄的長鎖鍊，繞勒住他喉頸。

跪地的拜諾恩完全無力反抗。懷中那個血布包滾跌在地。

馮・古淵拖拉著拜諾恩迅疾躍起，把鎖鍊繞到一株大樹的橫杈上，然後猛地揮動兩柄鈎鐮刀——

刀刃深深插進拜諾恩後腰。

馮・古淵著地後負手仰頭站立，發出一記長長嘆息。

「我這是跟你學的。那時候你也是利用夏倫，差點貫穿了我的心臟。」

拜諾恩沒有掙扎，像一具僵硬的人偶般，懸掛在樹上高處來回晃盪。

天空的雨雲此時散去。未滿的月亮透著詭異黃光，灑落在拜諾恩那淒慘的身影上。

「這傢伙就是『達姆拜爾』嗎？」卡穆拉依然木無表情。「太令人失望了。」

「每個人都有他的弱點。」馮・古淵仍仰首看著吊在樹上的拜諾恩，像在鑑賞自己剛完成的一件藝術品。「只要你抓住它，任何強者也會在瞬間崩潰。何況我真正需要的並不是他戰鬥的能耐，而是他身體裡的血統。」

拜諾恩臉上原有的殺意早已消散無蹤。此刻猶如獻祭物般被懸吊在半空，他的面容在月光底下竟是異常祥和。

沒有憤怒。沒有悲哀。沒有表情。

只是輕輕地閉著眼睛。

彷彿經過多年的長久狩獵後，他終於獲得安眠。

——已經結束了……

熱暖的鮮血自後腰處汩汩湧出，沿著衣袍與褲涔涔流下。

馮·古淵脫去左邊的皮手套，伸手迎接滴落的血液。整隻手掌不一會已經染成深紅。他以凝重的眼神仔細注視這血手掌，五指互相摩擦著，感受那血的濃稠。

拜諾恩的鮮血，在他眼中比黃金或寶石還要珍貴。

一直在空地邊緣處旁觀的那群瘋狂惡徒，忽然起了騷動。馮·古淵皺眉。

一個細小身影，沿著剛才那條曲折小路急奔而來，朝著惡徒們高速接近。

奇怪的是此人並無腳步聲。

「是誰？」拿著手電筒的機車族往來人照射。

一襲鮮黃色的斗篷雨衣。

惡徒們舉起刀槍武器正要發難時，穿雨衣的女生卻突然凌空而起。那姿勢不像跳躍，而是像飄飛。

女孩的移動速度竟在空中加快一倍，穿著破舊軍靴的雙腳，接連在數名惡徒頭頂上踏過，那步履跟走在平地上一樣自然。

踏在最後一人頭頂後，女孩再往更高處飛翔。

雨衣如翅膀般往橫張開。

她飛行的軌道直指拜諾恩。

馮·古淵隨手拾起一塊石頭，往半空中的她擲過去。石頭的去勢疾勁如箭。

雨衣底下閃現出藍光，準確命中石頭。

被平整切割開兩半的石塊，因那驚人高速帶來的衝擊力而左右炸飛。

那泛著藍光的長形物去勢未止，仍繼續往前揮出。

馮·古淵以吸血鬼的視力，看見了那件高速移動的武器：一段長達十呎、只有指頭般窄小、軟如鞭子的鋒銳劍刃。

他這時才聽到軟劍撕裂空氣的聲音。

——這斬擊比音速還要快！

明亮如月光的刃鋒，斬向拜諾恩的頭顱。

第十八章
最初的地獄

一九八七年　六月三十日　凌晨一時二十分

紐約市　布魯克林區

那個身材高瘦的警員，站在昏暗的公寓前廊裡，面朝著通往二樓的木板階梯。裹在制服和深藍色雨衣裡的身軀滲滿了汗。

這是紐約今年最高溫的一天。即使從黃昏開始下起滂沱大雨，也無法驅散那令人快要發瘋的悶熱。

而有人真的發瘋了。

警員解開腰間槍套上的帶釦，把左輪配槍握在手中。捏著槍柄的手指挪動了好幾次，好像不大習慣那鋼鐵的重量。

畢竟他正式執勤還未滿三個月。

前廊唯一的照明是天花板上那顆昏黃燈泡，垂直地把亮光投在警員身上，警帽前沿的陰影掩蓋了他的眼睛，只露出瘦削而蒼白得異常的下半臉，薄長的嘴唇緊抿成一線。

他踏上了階梯。木板發出細微的「吱呀」聲音。每登一步就有雨水從雨衣滑落，滴打在木板上。

警員的臉略往上抬。前面階梯的盡頭只有一片黑暗。他沒有作出戒備的姿勢，握槍的手臂只是垂在身旁，一步一步繼續緩緩踏上去，避免發出聲響。

他沒有拿出腰間的手電筒。沒這必要。他從小發現，自己在黑夜裡的視力比其他人格外強。手電筒的光芒反倒可能惹來被襲擊的危險。當登上二樓走廊，身周被黑暗完全包圍時，他覺得比剛才在下面還要安全。

他的身影融入那黑暗之中。

警員很容易就找到事發地點。走廊上只有並排成一列的四道房門，「二〇四室」就是最末那一間。走廊盡頭處是個緊閉著的厚玻璃窗戶，上面釘著幾根木條。警員藉著外面雨水滴打窗戶的聲音掩護，走到「二〇四室」門前。

房門只是虛掩著，那一線門縫沒有透出燈光。警員雖然是個新人，也知道按照程序應該先等支援的同僚到來，或是至少通知下面守在大門的夥伴。但是房東說裡面有個嬰孩。他沒再多想，輕輕把房門推開。

撲面而來是一陣難以形容的強烈氣息，混雜著汗臭、酒精和嘔吐物的酸氣，還有本已充溢整座公寓的霉味。

還有開槍後殘留的硝煙氣味。

還有濃濃的血腥。

他的心沉了下來。只希望那血腥味不屬於那孩子。

他馬上失望了。才剛進入室內，險些就踏到那個嬰孩——或者說，是嬰孩剩餘的部分。混著體液和腦漿的血泊，幾乎把警員的皮鞋黏住。他用力把腿提起來，跨過細小的屍體，繼續深入公寓房間。

所有的窗戶都密閉著。房裡悶熱而潮濕的空氣彷彿凝固了。凌亂狹窄的空間。撲鼻的惡臭。無聲的黑暗。足底黏稠的感覺。自己的強烈心跳聲……

他想像自己正處身一隻巨大生物的體腔內。

相繼出現眼前的是母親和另一個孩子的屍體。他們的四肢以古怪姿態扭曲著，彷彿仍在求救。

警員蹲下來檢視。根本沒必要仔細看，瞧見那些遭槍擊過的傷口部位，就足以斷定已經死亡。傷口皮膚四周有灼焦的痕跡，顯然是把槍口貼著肉體射擊。

唯一的生存者，是最不應該生存那個人。警員最後在臥房裡找到他。只穿著內衣褲的肥胖身軀仰躺在床上，胸前遺著大灘褐紅。那柄耗光了子彈的左輪手槍仍然握在手裡。

即使槍膛裡還有子彈也沒關係了。那隻手已不可能再有扣扳機的力氣。

警員走到床邊，垂頭瞧著這個剛把自己的家變成地獄的男人。最後一槍顯然射歪了，整個下巴連同喉頸大片血肉已不知被打到哪裡。但他仍未斷氣。因大量失血而蒼白得嚇人的身體在顫抖，雙眼直視著天花板，間斷地眨了許多次。

警員呆站在床邊，專注地瞧著這男人的眼睛。

那雙眼裡再沒有狂暴或憤怒，而是異常地平靜。

——面對肯定的死亡時，人都是這麼平靜的嗎？

男人的眼睛略往旁移轉，找到警員的臉。那股平靜馬上破裂，變成痛苦的眼神。淚水瞬間自眼眶溢出。

警員還是木無表情，卻禁不住伸出沒有握槍的手，輕按那罪人的額頭。

「一切已經結束了。」

不知道是否警員這句話的效力，那雙眼睛馬上放鬆開來。焦點漸漸渙散。瞳孔最後完全擴張靜止。

警員把手掌收回來，脫下警帽，露出神情肅穆的年輕臉孔。

這是紐約市警員尼古拉斯．拜諾恩第一次與死亡對視。這一年他只有十八歲。

第十九章
惡鬼的照片

五月九日　凌晨四時二十五分

棉花汽車旅館

當通話完結之後，包圍著里繪的十幾個男女鎮民同時舒了口氣，混和成一股奇怪的聲音。他們互相對視了一會，終於露出難得一見的笑容。原本氣氛沉鬱的旅館大廳，空氣也彷彿重新流動起來。

旅館主人莫里斯與「飛鳥唱片行」的班哲明平日並不熟絡，此刻也高興得擁抱起來。

「這樣我們有救了！」莫里斯高呼著：「只要等待州警察來拘捕那些混球！今晚就像一場惡夢……」

班哲明瞧瞧桌上的電腦跟衛星通信儀器，還有散滿桌面的零件和工具，然後朝里繪說：「小姐妳真是厲害！這麼快就搞定了。簡直是我們全鎮的救星啊！妳一定是駭客吧？現在上哪所大學？」

其他鎮民也在高興地互相安慰。只有里繪、宋仁力和文貞姬三人仍然沉默。里繪板著臉，視線仍專注在筆記電腦的液晶螢幕上，十指飛快在鍵盤上彈動。

「有甚麼不妥嗎？」文貞姬坐到她身旁，替她的杯子添加熱咖啡。

「我在複查剛才連接的線路。」螢幕上跳躍的綠色字母與數字，反映在里繪美麗的黑眼睛裡。「那個接線生，還有後來接聽的警官……語氣有點不正常。」

里繪這方面的經驗異常豐富。駭客技術並不只限於電腦網路上。一個保全周密的電腦系統，其最大的漏洞往往出在操作它的人類身上。里繪許多次只靠一通電話，假扮成工程師或高級職員，就輕易從管理系統的工作者口中套取重要的密碼或檔案編碼。駭客把這種「對人」技巧稱為「Human-engineering」。

「那個警官太容易就相信我的話。」里繪繼續說：「跟他說話的感覺……好像他早就擬定好一套對應的方法，一直在等著這個鎮的人打電話求救一樣。」

文貞姬沒有回應。里繪這才抬頭瞧了她一眼，發現這位美麗時裝設計師的神情，跟自己一樣凝重。

「妳也像在擔心些甚麼啊……」

「我感覺到很強烈的邪惡。」文貞姬盡量放低聲線，不讓室內其他人聽見：「在每個方向……他們從午夜開始已經包圍摩蛾維爾。」她說著突然又住口。「對不起，我也許不該告訴妳這些。這個時刻，只會令妳害怕……」

「我還不算很害怕。」里繪的反應出乎文貞姬意料：「上次在倫敦，也就是我跟尼克初相識的時候，狀況比目前還要危險。何況這一次是我自己堅持要跟著他來的。我沒有抱怨的理由。」

文貞姬托著下巴，端詳著這個既漂亮又聰明的美日混血女孩，心裡已在打算，平安回去後一定要游說她當「SONG & MOON」平面廣告的模特兒。

——說不定可以用駭客作主題，設計一個全新系列呢……

「妳最擔心的是他吧？」

里繪聽見文貞姬這樣問，頓時停止了工作，臉上浮現緋紅。她伸手撫摸蜷伏在桌上的波波夫背項。文貞姬也伸出手掌，輕按里繪手背。里繪微微吃了一驚，卻沒有把手縮回去。

「妳騙不了我。」文貞姬閉起她那雙細長的眼睛，似乎在全神感受手掌傳來的感覺。「我『看』得到……妳的情緒現在是甚麼顏色。」

里繪對於文貞姬這種奇怪的異能生起了興趣。「就像『情緒指環』〔註〕那樣嗎？那我現在的情緒是甚麼顏色？」

「那種顏色我無法用言語形容。」文貞姬張開眼睛把手掌移開。「它不是簡單的紅、黃、藍……給我一大堆油彩和一個調色盤，我也許可以把那顏色準確地調出來，但也得花不少工夫。」她頓了頓，拿起里繪的杯子呷了口咖啡：「但那並不重要。重要的是妳的顏色顯示著甚麼樣的心情。妳喜歡他吧？」

里繪沒有瞧向文貞姬，手掌繼續來回掃撫著波波夫烏亮的毛：「我不知道……其實我跟他只認識了很短時間。我覺得他很可憐。『很孤獨的男人啊。』我第一次看見他時就有這種感覺。他令我很擔心……」

「妳不用太擔心啊。我看得出，他是個很厲害的『獵人』。」

「我擔心的不是他面對甚麼敵人，而是他怎樣面對自己……」里繪垂頭瞧著電腦好一會，欲言又止。她雙手返回鍵盤，繼續覆核的工作。

「妳最好準備一下。」文貞姬站起來。「我們要逃出這裡。」

「為甚麼？」

「正如我剛才說：這個鎮被邪惡包圍了。而且他們正漸漸接近。我們未必等得及警察救援——假設真有警察會來。」

里繪看看大廳另一頭。宋仁力正在默默做一連串的暖身運動。

他剛才從吉普車廂取出一個皮革箱，裡面裝載著狩獵用的裝備，此刻已經全部佩戴在身：兩柄鋸短的霰彈獵槍交叉揹負在後，兩旁腰側的槍袋裡插著一雙銀色的「點四四馬格林」左輪手槍，後腰則橫掛著一柄軍用開山刀。雙足穿著一對鑲滿了灰銀色金屬鱗片的沉重長靴，左拳也戴著一具式樣相近的手套。那些鱗片呈不規則的形狀互相結合交織，形成無數角度古怪的稜角，乍看有如某種古代深海魚類的表皮。里繪猜想這些都是宋仁力自己設計。

宋仁力的神情異常專注。他雙腿張開，手掌按腰沉下，下胯竟然很輕鬆地完全著地，兩腿橫張成一字。他向上高舉雙臂，然後整個上身伏貼在地上，那肥胖身體竟是異常地靈活柔軟。里繪見了不禁覺得有些滑稽，幾乎笑了出來。

「妳呢？」里繪問文貞姬：「妳又做了甚麼準備？妳丈夫說過，你們狩獵時是二人一同出動的……」

文貞姬笑笑，把身上的白色棉麻布上衣與牛仔褲脫去。底下是胸罩型的運動衣與貼身的熱褲。肩臂、腰肢與雙腿晶瑩白皙而渾然一色，修長的線條令里繪也有點呼吸急促。在大廳另一邊的班哲明也不禁好幾次偷偷瞄過來。

註：情緒指環（Mood Ring），一九七〇年代中期出現的一種流行飾物，據生產者聲稱上面的石頭會隨著佩戴者情緒而變化出不同顏色，但並沒有確實的科學根據。推出後曾經風靡一時，但熱潮迅速就退卻。

「這樣我就準備好了。」文貞姬嫣然笑說。

「甚麼?……」

文貞姬輕撫自己肩頭的肌膚。「這就是我的武器。」她沒再解釋，走向宋仁力跟前。宋仁力雙腿一挾，身體就從一字馬迅速恢復直立。他伸手摟著妻子腰肢，指頭緩緩掃撫著她皮膚。里繪看著兩人親暱的神態，又再感到尷尬。

在駭客的世界，里繪是讓無數人敬畏、自信爆表的超級高手「速吻」，那裡對於她幾乎從沒有解不開的難題；然而回到人與人的世界，她仍然只是個充滿煩惱的小女生。

——他們夫妻倆這樣親密……那必定是很美妙的感覺吧?

里繪控制著自己，眼睛回到電腦螢幕上。追蹤程式仍然在自行運作。電腦桌面角落有個圖片檔，檔名只有個字母「N」。里繪猶疑了一下，把游標移到圖示上開啟。

這是她從未展示過的秘密。這幅照片，也是她匆匆回來美國看拜諾恩的其中一個原因。

在來摩蛾維爾的旅程途中，她不只一次想把這照片給拜諾恩看，但是始終辦不到。照片的解析度很低，因為是從監視錄像擷取的。拍攝地點是在倫敦「地底族」的洞穴裡——為了向同伴們搗蛋，里繪曾偷偷在地底聚居區的許多地方設置數位錄影鏡頭，所有影像資料都儲存在她的私人伺服器裡。

拍攝時間是一九九九年十二月二十四日下午五時二十三分——也就是拜諾恩與「開膛手傑克」在洞穴裡激烈搏鬥的時候。

這一幀定格影像，剛好捕捉了拜諾恩戰鬥時的樣子。那身姿因為高速躍動而有點模糊，可是這一格卻剛好出奇清晰地捕捉到他一瞬間的神態樣貌。

那確實是拜諾恩的臉，但是面容卻異樣地扭曲，兩邊眉角高高地豎起，雙眼凶厲如野獸，鼻子劇烈地皺成一團。嘴唇與下巴像在發出嘶啞的高叫，尖利的犬牙暴突出來。

這是一張屬於惡鬼的臉。里繪並沒有面對面看見過拜諾恩露出這樣子。

也就是說：它只有在戰鬥殺戮的瞬間才出現。

「這就是住在他心裡的魔鬼嗎……」

里繪撫摸液晶螢幕上那張邪惡的臉。她眼神裡夾雜著恐懼、憂心與憐憫。

還沒有天亮。

第二十章
渡水

凌晨四時三十五分
穆努沼澤區

柔軟的劍刃有如一股藍色波浪，行進中起伏不定，在快要到達拜諾恩臉龐前的剎那突然升高，僅僅在他頭頂上方半吋處掠過。

兩條拇指粗細的鐵鍊遇上這劍刃，像琴絃般爽利地被割斷。拜諾恩被鈎鐮刀掛著的身體霍然墜落。

十六夜無音從半空中俯衝而下的速度，比他落下還要更快。纖細的左臂一把環抱拜諾恩腰肢，並緊緊握住他的皮帶。

無音腋下挾著這個比自己身材高壯接近一倍的男人，跳躍的去勢卻無停滯，仍然向前飛行了七、八呎，才像風箏般輕巧著地。拜諾恩在她手中就像紙做一樣。她的能力彷彿完全違反物理和人體運動原則。

馮．古淵撿起之前拋下的西洋軍刀，正要向他們飛撲攻擊，卻感覺身體的重心出現一瞬間錯亂——那感覺就像腳下的地面突然彈動了一下，他本能地停頓下來，把雙腳牢牢踏穩。

是聲音。一種幾乎細不可聞的低鳴，令他產生這種像地面移動的錯覺。

而音源就是面前這個穿著雨衣的瘦小女生。

馮．古淵瞧向「血怒風」使者。卡穆拉努力站穩身姿的反應，也跟他一樣，同樣受到這不明秘術的影響。

就在這不到兩秒的空隙裡，無音的軍靴再次躍起來，直跳向水潭中央。

馮．古淵恢復過來後，穿著黑色長軍服的身軀馬上躍出，再次朝無音和拜諾恩追擊。

他咧嘴露出獠牙吼叫，神情罕有地暴怒。

——剛到嘴的獵物，怎可以讓人奪去？

他緊握軍刀，已作出在水底搏鬥的準備。

馮．古淵的撲勢比無音的跳躍略快，雙方距離在半空中已拉近至不足五呎。

三人降落水潭。

首先沾水的是無音的左足。然而殘破的軍靴並沒有完全沉下，而像是踏在軟綿綿泥土上。繼而是右足。雙腿急速交錯。

無音挾著拜諾恩，竟在沼澤的水面上奔跑起來。

馮．古淵下身插入水中。他雙臂橫張，令頭頸不致沉下去，再經幾下踢水掙扎，身軀在水裡穩定下來。

半浮在濃濁水潭的中央，馮．古淵只能狠狠目送無音踏水而去的背影。他們眨眼就在茂密的植物叢之間消失。

「是人類。」站在岸邊的卡穆拉雙臂交疊胸前。他跟馮．古淵一樣，臉上不無驚異之色：「最初看外表我還以為是『鴆族』使者來了。但那氣味是屬於人類的。」

馮．古淵慢慢游回來躍上岸，臉色比平時還要蒼白，默默無語。水珠從他變得污穢的濕漉金髮滴下來。軍帽早已丟在岸上。

「人類裡，這樣厲害的傢伙，恐怕很稀少……」卡穆拉喃喃自語。

「不。」馮．古淵揮去軍刀刃身上的水珠，緩緩把它收回鞘。「幾年前我就遇上一個。同樣是東方人。一個僧侶。」他沉思了一會又說：「那種奇怪的秘法力量，跟剛才那女孩感覺有點相像。也許他們有甚麼關係。」

「看來你的計畫被破壞了。」卡穆拉恢復漠然表情。「我白來了一趟。」

「這麼說還太早。」馮．古淵雙手往腦後捏著長髮，把髮裡的水份揉出來。儘管一身濕衣顯得甚狼狽，他的面容和語氣已回復了平日的高傲：「他們暫時都不可能走出摩蛾維爾。因為『動脈暗殺團』已經把外面包圍了。」

他擦乾雙手，從軍服口袋裡掏出一個細小的透明膠試管。吊在樹上的半段鐵鍊，仍然沾著拜諾恩的鮮血。馮．古淵扭開膠試管的封蓋，把管口迎向鐵鍊末端，盛接滴下來的血液，然後把蓋封上，小心地把膠試管收回口袋。

卡穆拉皺眉：「『暗殺團』可是為了殺你而來的啊。看來你並不太擔心？」

馮．古淵神秘地微笑，並沒有回答。

第二十一章
暴力中毒

凌晨四時四十分
摩蛾維爾市街地

安東尼‧「睡眼」‧派克醒過來，揉揉一雙左右不對稱的眼睛，在稀微燈光下掃視四周好一會，才記起自己身在何地。

「露絲餐廳」的桌椅杯盤狼藉。他想站起身，手掌卻按在地上一堆被踩爛的蘋果餡餅殘渣上，登時又再滑倒。

他倒在一具橫臥的女屍上。是他數小時前姦殺的侍應生。

看著她那被割去一邊乳房的胸膛，安東尼毫無感覺。這已不是他第一次殺女人。

——尤其在嗑了這個「天國之門」後，胸中就好像注滿一股血氣，非找個「東西」來發洩就不爽……

從紐約科尼島的貧民區直到進監牢，安東尼販賣過也嘗試過各種各樣的毒品，但從來沒有一種比「天國之門」更狠：那股力量彷彿令全身血液沸騰得冒泡，從後頸到尾椎骨卻有一道冰涼的氣息來回竄動。澎湃的性慾與暴怒交錯地湧上腦袋，令他一時幻想自己下身勃挺的陽具碩大無比，下一刻又渴望把任何抓到手的東西都撕碎……

然後每到藥效消失前的最後時刻，總有一個很好聽的聲音，在他腦海裡某一角向他悄聲說話。最初他以為那只是嗑藥後的幻覺。但是每次都如是。而且他越來越聽得清楚那把聲音在說甚麼了。他跟一起品嚐「天國之門」的同伴們談過，大家竟然也有相同經驗，所聽見那把聲音說的都是同一個名字。

「摩蛾維爾。」

在地圖上找到這個地名時，他們都興奮莫名。只要舔過一口「天國之門」，人生的其他一切彷彿都已經不再重要。安東尼吞掉了組織一筆販毒資金，與兩個同伴駕車南下，腦海裡期待著更多、藥效更厲害的「天門之國」。

而那把聲音的主人，並沒有讓他失望。

安東尼再次揉著眼睛。他的左邊眼角骨因為監獄中一次毆鬥被打至變形，整隻左眼朝下歪斜，「睡眼」這個諢號就是由此而來。

他醒來後第一件事，當然是再舔一口「天國之門」。他摸了摸，才記起自己已經脫得赤裸。褲子就丟在一旁。他從口袋裡掏出那張已縐成一團的請柬。

當舌頭碰觸到「天國之門」上那滴乾結的血液時，安東尼預期裡那股狂烈快感，卻並竟然沒有出現。

「是分量不夠嗎？」他用力再舔一下。

請柬滑落地上，一股像要嘔吐的噁心感覺，從腹部漸漸湧上來。

——怎麼回事？

接著身體各處變得異常的癢。他伸手在肩頭和胸口抓了十多下，發覺指間沾滿黏糊濕潤的東西。

他低頭一看，是肉屑與鮮血。

安東尼惶然再摸了胸口一把。更多脫落的皮膚與肉屑。

——為……甚麼？可是我一點也不覺得痛楚！為甚麼……啊！這他媽的怎麼回事？……

他這才發現另一件事：那隻手掌一點也不像他自己的手。肌肉都像乾枯了一樣，指甲變成瘀青色，手背長滿了像癩癬一般的斑點……

他再垂頭看看自己的腹部和雙腿。同樣的狀況。

——我的身體變成甚麼了？

安東尼想發出驚慌的呼喊，才發現自己的舌頭脹大了好幾倍，幾乎塞滿口腔，叫聲變得嗚咽。

——不要！我要的不是這個！我的要是那種快感！不是這個……

一股極度乾渴的感覺襲來。他吃力地爬起身，走到餐廳洗手間，打開水龍頭後把嘴巴迎過去。

已經大大喝了好幾口水，那種乾渴卻揮之不去。

——不對……我不要喝水……我要喝另一種液體……我要的是……

安東尼無法控制地一口咬在自己左臂上。鮮血噴濺。他貪婪地猛力吸啜。

一邊吸飲的同時，另一邊也流失。那股強烈的飢渴是無法以此滿足的。

他撲向那女侍應的屍身，從她胸口吸啜已經冷卻的血液。一陣令他厭惡的苦澀。

安東尼那已經變得畸型的身軀，一拐一拐地步向餐廳出口。他沿途拾起了自己的手槍與彈簧刀。意識已漸漸模糊。他的腦袋再也無法組織任何思想。

當推開餐廳那破裂的玻璃門時，他只單純想著一件事：找個活人，割破他或她的頸動脈，把嘴巴湊過去。

第二十二章
出擊

凌晨四時五十二分
密西西比州　康奈堡陸軍基地

在空曠的停機坪上，MH-53「低空鋪路者Ⅲ型」直昇機像一頭躁動不安的猛禽，六片旋翼刮打著晚間潮濕的霧氣，發出低頻的鳴音。

馬略提少校看著那堆複雜的儀錶，作最後一次的系統檢測——其實機上的電腦已替他完成了大部分的工作。引擎出力狀況良好；燃料量顯示正常；然後是導航儀、地貌雷達、無線電及ＧＰＳ定位系統、熱成像儀、電子干擾、紅外線干擾……一切如常。

——我的好孩子。

馬略提接著以機內通信詢問。後面機艙裡的兩名技術員和兩名重機槍手，各自發出精神充沛的回答。

「我們的『乘客』還沒到嗎？」馬略提問身旁的副機師修歷少尉。

「預定兩分鐘內到達。」修歷看看儀錶上的綠色螢光時鐘。「少校，我搞不懂……這是演習嗎？」

馬略提聳聳肩。這確實很不尋常，連任務簡報會也沒有。只有一紙命令，上面寫著模糊的任務性質：運載航行。

「大概是吧……目的地是國內嘛。」除了出現核子或生化武器襲擊等嚴重威脅外，現行法律禁止派遣特種部隊在美國本土進行任何軍事任務。

擁有特強夜戰能力及天候適應力的 MH-53，是美軍各特種部隊最常用的空中突入載具。馬略提少校駕駛它的時數已超過八百小時。在無數實戰演習，還有兩次官方從未承認的「黑色任務」中，他幾乎接載過美軍所有特種兵：三角洲、海豹、綠扁帽、游騎兵、海軍陸戰隊偵察兵……

——這次又是誰呢？

「『乘客』來了。」修歷指指側面的機窗外。

遠遠停在幾十碼外的是輛沒有任何標記的黑色小型貨車。助手席車門打開來。令馬略提感到意外，下車的竟然不是軍人，而是一個穿著剪裁妥貼黑西裝的高大男人。

馬略提一臉狐疑地下機，迎接那男人。不，他的確是軍人——馬略提如此斷定。從步姿就看得出來。男人年約四十多歲，毫無特徵的平凡臉孔上也毫無表情。

「馬略提少校？」男人不緩不急地問，從西服暗袋掏出一紙手令遞過去。馬略提看出，確是麥戈迪少將的簽名。

馬略提不知道是否該向男人敬禮，只好說：「隨時可以起飛。有多少人？多少裝備？」

「只有五個，連同少量裝備。」男人的眼睛瞧向直昇機。「馬上就可以出發。祝一切順利。」

「但是有關的任務細節，我還沒——」

「『乘客』裡有一位指揮官。聽他的就行。其他的我們會透過指揮中心指示。」

貨車後門已經打開。下車的是兩個士兵，從那忍者般的裝束，一眼就看出是特種部隊。兩人都配著玩具似的 MP5A4 機槍。

可是經驗豐富的馬略提看出有點不妥：裝備實在太少了。備用彈匣確是很足夠，兩邊大腿都幾乎密密排滿了。但是除了 MP5 外就甚麼武器都沒有。連手槍都沒帶。手榴彈或震炫彈之類也沒有。更別提支援火力了。

倒是保護裝備有些過份：防彈背心和頭盔外還加了大量黑色的甲片，全是一種未見過的不反光物料，馬略提無法斷定是塑料還是其他東西。四肢都包覆得緊緊的，甲片底下似乎有一層防衝擊軟材質。根本像對付騷亂的警察防暴裝備，多於是特種戰裝束。

馬略提實在想不透：這樣的裝備，是要執行甚麼任務？

兩名特種兵從貨車後抬下一具手拉車，拉著它走向直昇機。上機前兩人向馬略提敬禮，然後一言不發地卸下車上的巨大金屬箱，交給機上的技術員。

馬略提趁機偷看，瞥見箱子上的標籤：

S3 PROJECT

動態預警成像儀

X-AV-1 技術驗證機體

標籤旁還有一個卡通的松鼠標誌。

其餘三人也在此時下車，並排走向直昇機。左右兩旁是同樣裝備和打扮的特種兵，用手攙扶著中間那人前行。

中間的人除了沒有戴頭盔外，穿著跟四名特種兵一樣的保護衣。他身上和手上卻沒有任何武器。

他根本不可能拿槍吧，馬略提如此確定。那人清瘦得可以用「行走的骷髏」來形容。更過分的是架在瘦臉上的墨鏡？在這種黑夜時分裡？然後再看看兩名士兵扶著他走路的姿勢，馬略提看出來了。

——是個盲人！

他再也按捺不住了：「這到底是——」

仍然站在他跟前的西裝男人似乎早已預料他的反應，伸手打斷了他。「請別問。只要把他們載到預定目的地就可以。」

命令就是命令。馬略提知道這個時候只有一種做法——當作甚麼也沒看見。何況他也不想他的「孩子」繼續這樣在陸地上空轉。

登上駕駛席後，修歷少尉滿臉疑惑地看著他，但是當見到少校那不快表情後，修歷也不敢再多問。

「『乘客』和『行李』都進艙了嗎？」馬略提用頭盔的話機問後面。

「全部安定完畢。」

「預備上升。降落區：路易斯安那州，摩蛾維爾地區。導航座標確定……」

第二十三章
市街地殺陣

凌晨五時零六分
摩蛾維爾鎮中心街道

里繪從吉普車的後照鏡看見：後面遠方的天空，透出橘紅色的亮光。

她知道那並不是初升的太陽，而是焚燒中的「棉花汽車旅館」。

吉普車急激地轉過一個街角。四輪驅動系統優異極了，車子在如此快速轉向下，仍然能緊貼濕冷道路。

駕車的是文貞姬。她仍然只穿著胸罩運動衣與短褲，那雙纖細的臂膀靈活有勁地把握方向盤並且轉換檔速，分毫不差地駕馭著這頭鋼鐵野獸。里繪在旁看得很是佩服。

文貞姬專注地觀察前方、兩側與後照鏡裡的狀況。她頸上的獠牙項鍊在左右晃動。眼角瞥見左邊有動靜。

「抓緊！」文貞姬呼喊。站在後面車斗裡的宋仁力與唱片行店長班哲明，馬上抓牢吉普車的金屬架。助手席上的里繪也抱緊膝蓋上的電腦與波波夫，把頭臉埋在臂彎。

一輛大型機車從左面一條窄巷衝出來，準備攻擊吉普車。但是文貞姬早有準備，吉普車在街道上作了一次蛇狀擺振，車身左側巧妙地在機車旁碰擊了一記。

機車失控，那名機車族黨徒因驚惶而猛力煞車，身體離開座椅飛出，直撞進街旁一家理髮店的櫥窗。

碰撞並沒如里繪預期般猛烈。她驚異地抬頭。

「妳真厲害！這車子就像妳身體的延伸！」

文貞姬沒有別過頭來，只是嘴角微微一笑。

吉普車轉了兩個彎角後，他們終於再次看見同伴的蹤影：外面印著「棉花汽車旅館」名字的那輛小型貨車，就在道路前方幾十呎處，正在黑夜中全速行駛。

惡徒的瘋狂襲擊比宋仁力夫婦預計中來得還要早。已經等不及天亮了。單憑他們兩人絕對無法固守旅館。他們果斷地決定展開逃亡。吉普車一路上負責阻截追擊者及吸引注意，反而落後於載著其餘十多名鎮民的貨車。

「快要到公路入口了！」後面的班哲明呼叫。他手上拄著一柄郵購得來、但從沒使用過的狩獵用小口徑步槍。

文貞姬的笑容消失。

後照鏡裡出現七、八輛機車，呈隊形往這邊漸漸迫近。

「不能再逃避了。」宋仁力在車斗中央站起來，伸手從背後拔出兩柄短獵槍：「必須把他們在這裡截下。否則就算上了公路也沒用。」

「但這樣對他們有點危險……」文貞姬口中的「他們」是指里繪與班哲明。

宋仁力明白了，按下胸前的無線電對講機。「莫里斯先生你聽見嗎？先停下來，讓班哲明和里繪擠上去。我們會負責把追兵截下。莫里斯先生？」

沒有回答。文貞姬看見前面的小貨車仍在加速前進，絲毫沒有停下來的意思。

「莫里斯先生？聽見嗎？先停下來。只花幾秒鐘就可以了。聽見嗎？」

然後對講機傳來一陣含糊的回答：「……對不起……」也聽不清楚是否旅館主人的聲音。

「這些忘恩負義的混蛋！」班哲明恨恨地踢擊車斗。

宋仁力也難掩臉上的失望。他眺看後方。機車隊更接近了。

文貞姬嘆息一聲，開始把吉普車減速。

「你在幹甚麼？」班哲明揮舞著步槍叫喊：「繼續開車呀！為甚麼停下來？我們這輛車比那爛貨車快多了！就讓他們當誘餌好了！他們這樣對我們，為甚麼還要——」

待吉普車停定後，宋仁力才一巴掌刮在班哲明臉上，再指向前頭車座。「你看看！人家一個小女生比你鎮定多了！你給我好好留在車上保護她！」

宋仁力從車尾躍下，檢視雙手上的槍，確定保險已經解除。

文貞姬輕撫一下里繪的頭髮。她沒有顯露半點緊張，笑容仍然溫婉動人。「坐過來駕駛席。我這寶貝暫時交給妳。引擎不要讓它熄掉。我們很快就完事。」

文貞姬打開車門，然後頭也不回地輕聲說了句：「要是情況真的變得很糟，就馬上開車走吧。」

「我不走……」里繪正想說時，聽見懷裡發出電子響聲。是她的筆記電腦。再抬頭時，文貞姬已經離開。

里繪急忙把電腦打開。這台電腦經過她改裝，在合上時也可以進入自動運算模式。早前在旅館，她已輸入報警時的通信資料，從線路進行逆向追蹤。剛才的聲音告知她運算已經完成。

里繪不可置信地瞪著雙眼。如她所猜想，接電話的並不是真正的州警。

她知道是誰截去了所有源自摩蛾維爾的通信。所使用的工具和手法、線路的加密技術和級別都是最頂尖的。

所有駭客都曾經夢想攻佔這個目標。

國防部。美國陸軍。

——為甚麼會跟軍方沾上邊?這裡究竟發生了甚麼事情?

宋仁力與文貞姬並肩走了十數步。

「這次雖然不是狩獵,但也許還要更有趣。」文貞姬微笑說。

宋仁力神色凝重。他把墨鏡摔去,一雙細目帶著猶疑。

「他們已經不是人類。」文貞姬早已洞察丈夫的想法:「那個毒品已把他們的靈魂和肉體完全侵蝕掉,現在只是一群嗜血的行屍。」

前面那八道機車燈光更加接近。

宋仁力點點頭。「甜心,我去了。」

文貞姬的手掌撫摸丈夫的後頸。宋仁力馬上感受到一股舒暢的能量充溢全身。

他那胖厚的身體躍奔而出,鐵甲靴子踏出清脆的足音。在妻子貫注的能量刺激下,他的視神經比平常尖銳了數倍,馬上辨出最前頭那兩騎機車——還有兩名騎士手上的「烏茲」輕機槍。

——不可以讓他們扣下扳機,否則貞姬他們可能會中流彈。要在他們進入射程前動手。這個距離不能用霰彈。

宋仁力迅速把一對獵槍插回背後,換成掛在兩腰的「馬格林」左輪手槍。雙肩與兩肘關節鎖緊。

手掌在黑暗的街心接連爆出耀目火花。震撼的槍聲在靜夜裡迴盪。

兩名騎士還沒來得及舉起輕機槍，座駕已經中彈。左面一輛前輪被強勁的點四四口徑「馬格林」子彈轟得飛脫，車子旋轉擺振，如瘋馬般把騎者向前摔出；右面另一輛的引擎被射中，車子爆出一團發光炎雲，騎士全身著火，失控轉向九十度往橫方衝去，在路上遺下一條火焰的軌跡。

宋仁力開槍同時仍是足下不停，下一秒已奔至那名摔倒地上的機車族跟前。

機車族打了數個翻滾才仰躺停下來，卻仍然握住那柄「烏茲」。一身血污的他似乎渾然不覺痛楚，仍然舉槍指向宋仁力——

鐵甲靴把他的胸肋踏得粉碎。

第三騎摩托車把速度提升至頂點，撞向宋仁力。

宋仁力像是以地上那名機車族作跳板，左足貫滿彈力地蹬躍起來，身體乘勢向右急轉。

宋仁力那碩大的身體跳得比任何人想像都要輕巧，越過撞來那輛機車的手把，右腿藉助腰身的旋力橫蹴而出。

宋仁力前奔、跳躍與旋身的勢道，配合他本身的體重和那隻鐵甲靴的重量與硬度，這一蹴即使原地施展，其破壞力也接近一噸。此刻加上那輛機車全速駛至的力量，騎士的頭盔一接觸靴底馬上凹陷碎裂。頸骨如柳枝般清脆折斷，後腦杓與背項碰撞。

宋仁力的身體繼續往前飛行，越過騎士的上方著地。騎士乍看像失去了頭顱，摩托車竟然仍保持平衡，繼續斜向高速前進。

宋仁力半跪著地。此時那輛中槍著火的摩托車才碰上牆壁第二度爆炸，映得他左後方一片光亮。

里繪這時早已合上電腦，擔憂地朝車後望去。車門這時卻突然被人打開來，嚇了她一跳。

「妳還呆著幹嘛？」是拿槍的班哲明。他的臉容因驚慌而扭成一團。「快開車呀！快！」

「你瘋了嗎？」里繪猛力搖頭：「不可以撇下他們啊！」

班哲明突然舉槍指向里繪。

「我說開車就開車！妳要是不開，就給我滾到一旁去！」

里繪面對那槍管，卻是異常地冷靜。

「你難道要開槍殺我？為了自己活命？那麼你跟那些傢伙——那些毀掉你們家園的歹徒——有甚麼分別啊？」

班哲明雙眼滿佈血絲。他似乎對里繪的說話充耳不聞，只是喃喃地說：「我才不要死……」槍管又向前推一吋，更接近里繪的臉。

一直伏在車座上的波波夫突然尖叫撲出，凶猛地抓咬班哲明的臉。他被嚇得拋掉了步槍，身體向後倒下，雙手抓向附在自己臉上的黑貓。

波波夫卻輕巧地躲過了他指掌，躍竄回到里繪懷裡。

班哲明邊撫摸臉上的爪痕邊站起來，卻看見槍已經落在里繪手裡。他怪叫一聲，馬上轉身往前面的街道逃亡跑去。

「不要走啊！回來，我不會傷害你……」里繪馬上把步槍丟到腳底，高聲向班哲明呼喊。但他的身影已經消失在黑暗中。

餘下那五騎機車已在宋仁力前方二十多呎處停下，似乎在猶疑是否應該繼續攻擊。

宋仁力站直身體，把射光了子彈的左輪插回腰間，再度拔出背後兩柄短獵槍。

——嗯，不用心急。就這樣對峙著。再拖延一會，鎮民們的貨車就可以安全駛上公路。

那五名機車族都脫去頭盔。宋仁力看見，他們的臉色在車燈映照下顯得死灰，頭髮脫落了大片，乾枯的臉上滿是腐爛的斑點。

——貞姬沒有說錯。他們已經成為被「天國之門」侵蝕的行屍。

同時宋仁力注意到：他們都是一副躍躍欲試的飢渴神情，看來絕不像因為目睹同伴慘死就知難而退……

——他們好像在等待甚麼……是貞姬！

宋仁力回身同時，在他後面數十步遠的文貞姬也感覺到危機來臨。

在她身旁的商店街，一個黑人從二樓窗戶飛撲而下！

是全身赤裸的安東尼・「睡眼」・派克。他六呎二吋的身軀原本壯健如職業籃球員，因為「天國之門」的毒害，此刻已枯瘦如竹竿，可是動作仍然矯健勇猛烈——也是受那股強烈的嗜血欲望驅動使然。

文貞姬向後跳退躲避，可是安東尼伸出猿猴般的左臂，擒住了她裸露的光滑肩膊。

「Gotcha!（抓到你了！）」安東尼興奮地從齒縫間呼出。在接觸到文貞姬肌膚的剎那，他感到一陣短促的昏眩。陽具硬挺地勃起，與他的瘦軀顯得不成比例。

接著他完全失控了。

右手拋去手槍，握住咬在嘴巴的彈簧刀。刃鋒刺進文貞姬那勻稱的胸脯，切割乳房脂肪時有如滑過牛油，胸罩運動衣瞬間浸滿鮮血。他的手腕繼續下沉，刀鋒到達肚臍。血的腥味。內臟冒出的熱氣。文貞姬失神蒼白的臉。他左手五指深深陷進她肩膀，把她拉近自己。運動衣破裂掉落地上。張開的傷口，在安東尼眼中像是打開了另一道「天國之門」。鮮血。他要吸飲那鮮血。他把嘴巴湊向她胸前，那神情一如渴求母乳的嬰孩。他想伸出舌頭——

發覺自己的嘴巴被一件又冷又硬的東西塞住了。

——？

安東尼發現自己雙手只是抱住空氣。右手確實握著彈簧刀——然而刃鋒上沒有一絲血漬。

——剛才是甚麼回事？我的嘴巴裡……

塞住安東尼嘴巴的東西，另一端正握在宋仁力手上。絲毫無損的文貞姬站在丈夫身後。

剛才一切幻覺，是她在與安東尼皮膚接觸的短短剎那傳送到他腦海裡的——更正確說法是，她引發他自我製造這一連串的幻像。

誘導他人取得滿足的幻覺，是文貞姬天賦的異能，也是她在時裝界奇蹟崛起的秘密。

「作完美夢了嗎？」宋仁力笑著說。

安東尼嗚嗚怪叫，卻因嘴巴被堵著而無人聽得清楚。

宋仁力扳下獵槍的扳機。

安東尼的上半截腦袋被轟到十多呎外，像一堆軟泥般「啪」地落在混凝土上。

宋仁力抽出冒煙的槍管，那失去半個頭顱的屍體才倒下來。他悠閒地打開槍膛，更換霰彈，再瞧向遠處停駐的那五名機車族。

五輛機車紛紛掉頭，帶著嘈吵的引擎聲回轉離去。

直至車群從視界中消失，宋仁力才吁了口氣，回首用力吻了吻妻子的嘴唇，怎料腦袋馬上暈眩了好幾秒——文貞姬身體散放的幻力還沒有完全消散。她摻扶著他幾乎失足的身軀。

「我們又活過來了。」宋仁力咬咬嘴唇，然後微笑著用鬍鬚磨擦妻子光滑的臉頰。「這次也有夠刺激的。妳覺得如何？」

文貞姬無言抓著他的手，掌心貼著掌心。宋仁力感受到妻子身體裡那熱暖的滿溢感。下一季「SONG & MOON」系列的靈感正源源湧出。

里繪抱著波波夫和電腦從吉普車步下。

「那個店長呢？」文貞姬疑惑地問。

里繪往後面的漆黑路口瞧了一眼，然後搖搖頭。「暫且別理這個，我有更重要的事情要說。」她正要打開電腦時，身體忽然僵住了。

宋仁力和文貞姬的臉色也變了。

車聲再次從剛才機車族敗走的方向傳來。

宋仁力咬牙切齒，再次抽出鋸短的雙管獵槍。槍口血漬兀自未乾。

「那些不怕死的傢伙……」

宋仁力回身，走到道路中央。

從道路那頭出現的正是剛才那五騎機車。宋仁力作出再度迎戰的準備，卻發覺有點不對勁。

機車的速度太慢了。慢得開始左歪右倒。

更不對勁的是車上騎士。他們的坐姿似乎彎得極低矮……

當車子更接近時，宋仁力才終於看清楚：五個騎士並沒有彎身。他們顯得低矮，是因為全都失去了頭顱。

車子越來越緩慢，最後一一半途翻倒。無頭的騎者仍然坐在側臥的機車上。輪子伴著低沉的引擎聲在空轉。

「上車吧。」文貞姬眉頭緊鎖，推推里繪的肩膀。「我們快點離開這裡……仁力！走吧！」她高聲叫著，同時催促里繪走向吉普車。

里繪懷抱中的波波夫突然怪叫，在她胸前亂抓，嚇得她幾乎跳了起來。

「乖乖別亂動，很快我們就安全了……」里繪走到吉普車門前時，波波夫卻顯得更狂亂。

她想起來了。就像倫敦那次「開膛手傑克」闖進地底族的洞穴時，波波夫也曾經像這樣……

——當某種危險接近之時，牠會敏銳感應到。

就在這一刻，里繪感覺右足踝被一隻冰涼的手掌握住了。

那隻手掌從吉普車底伸出來。掌背的膚色光滑而黝黑，指節十分修長。

里繪正要驚叫的同時，文貞姬已察覺不妙。她伸出手掌，用力按在里繪後頸皮膚上。

里繪瞬時感覺自己的軀體猶如變成一條中空管道。有一股像暖流般的奇妙東西，自她後頸洶湧地灌進來，迅速流向被握住的右足。無數的色彩、光影、聲音和香氣彷彿流過她身體每條神經。感官被過量的信息超載——

下方那隻手掌如遭電殛，從里繪的足踝彈開來，迅速縮回車底。里繪隨即雙膝發軟倒下，文貞姬及時摻扶著她。

——是甚麼敵人？我和仁力都竟然感覺不出來！

一團黑影自車子另一側底下閃電竄出，越過了車頂，籠罩在文貞姬的頭頂。

那隻黝黑的手掌再次出現，狠狠地刮在文貞姬右頰上。這一巴掌的力量異常迅猛，文貞姬因那急速的衝擊，腦袋在極短時間內受到劇烈搖晃，馬上暈倒。

在她身後的宋仁力早已踏著金屬長靴全速向前奔躍，但是害怕誤傷妻子而無法射擊。他拋去獵槍，抽出後腰的開山刀。

他細小的雙眼彷彿燃燒起來。憤怒而焦急的火焰。

但暴怒中他超乎常人的視覺反應並沒有受到影響，仍然辨出敵人朝他眉心射過來那道銀光。

——但是他不可以停下來。

宋仁力繼續前衝，只是把碩大的頭顱偏側。那迅疾銀光把他的左耳完整地削下，餘勢未盡，深深刺入他左肩的僧帽肌。

宋仁力如渾然不覺痛楚，右手開山刀橫砍向文貞姬上方那團黑影。

刀柄的觸感告訴他，刀鋒砍在某種堅固硬物上。他沒有理會，伸出左手抓向妻子背項，可是因為左肩中了利器，手臂移動的速度緩慢了一點。

那團黑影帶著文貞姬，自他眼前消失。

黑影挾著文貞姬躍往街旁一幢小樓的二樓牆壁，再反彈登上了街燈柱的頂端，然後靜止蹲踞在那裡。

宋仁力已經停下來，敗喪地抬頭瞧著上方的敵人。他知道以自己這副胖軀，還有一身重裝備，不可能與對方在空中對抗。他咬牙拔出插在肩上那利器——一柄形狀像手術刀的弧形短刃——看也不看就丟到地上。

「黑色皇后」布蘭婕雙眼往上翻，鼻上的魚骨圖案銀珠片皺成一團，臉頰肌肉不住發顫。過了好幾秒面容方才緩和下來。

她瞧瞧挾在腋下的文貞姬，重重吁了口氣。「自從捨棄了凡人的生命以後，這麼多年來也沒有嚐過這種 High 的感覺……太爽了……」她撫摸文貞姬頰上四道清晰的指痕：「對不起啦，下手重了些。可是那幻覺的把戲實在太可怕了……」

宋仁力強壓著不讓焦急之情流露出來。他看見布蘭婕左肩上垂吊著一塊破裂的纖維甲片，正是剛才開山刀斬中之處。

宋仁力斷定眼前這隻女吸血鬼，是他平生沒有遇見過的厲害怪物，從剛才那疾如飛行的跳躍移動已可確知。對方若不是中了文貞姬的幻術，宋仁力剛才的斬擊恐怕連她的衣服也沾不到。而她顯然能夠隱藏自己的吸血鬼氣息，以至被她潛進了車底，他們夫婦倆皆未曾察覺。

里繪跪在地上，意識仍然因為文貞姬灌入的幻覺而有些模糊，眼中所見一切像蒙了一層薄紗。波波夫站在她身旁，背項黑毛全豎起來，盯著燈柱上的布蘭婕低嘶。

「本來我是最先進來鎮裡的『暗殺者』，應該捷足先登的，卻碰上你們這一大堆怪人。」布蘭婕似乎仍在回味文貞姬傳送給她的興奮幻覺，神容像喝醉了一樣。她撕去肩上那片破甲拋去，剛好落在宋仁力腳邊。「吃了咒藥的那些廢物，也說不出『他』在哪裡……」

「妳想要甚麼？」宋仁力勉強以最冷靜的語氣問。他知道布蘭婕必定有甚麼特別目的，否則剛才早就殺掉他妻子。

「我不知道你們這兩個擁有異能的傢伙，為甚麼會在這裡出現。」布蘭婕吃吃地笑，撥弄著串滿彩色木珠的長髮：「我只要找一個人。一個額頭上有『鈎十字』標誌的男人。」

里繪聽見後一陣悚然，再次回憶起那夜在慧娜家中發生的慘劇。

她瞧著被挾在布蘭婕懷裡的文貞姬。雖然才認識不足一夜，這個親切的韓國美人已經給予里繪極大好感。就像她常常渴望擁有的姊姊一樣。

文貞姬與慧娜的臉，在里繪腦海裡重疊。

——她們都是因為對我好才受這種苦……不可以！不可以再讓另一個人為我而受害！

「別傷害她！」里繪急忙撿起掉在地上的電腦，打開來同時說：「我知道妳要找的那個男人！」

她高舉筆記電腦。液晶螢幕上是張放大的照片——里繪從那段光碟影片中擷取的定格影像。

布蘭婕咧齒。確實是魯道夫．馮．古淵。

「他在哪裡？」

「我不知道。」里繪合上電腦。「可是我知道怎樣找到他！」她抱起波波夫：「牠的主人叫尼古拉斯。他正跟你要找的那個男人在一起。牠可以帶你去找他們。相信我！牠不是一隻普通的貓！不管隔多遠，牠都感應得到主人的所在。」

布蘭婕盯著波波夫。這確實不是隻平凡貓兒——剛才她躲在車底時，就只有牠感覺得出來。

「妳說的最好都是真話。」布蘭婕拔出另一柄弧形短刃，以刀背輕輕劃過文貞姬額頭。「否則我會把她的頭殼剝下來，當作我的新帽子。」

宋仁力捏得左拳發響，下唇滴出他自己咬破的鮮血。他瞧著里繪。里繪向他微微點頭。他知道她的意思。

——眼前沒有其他選擇了。最少拖延到貞姬清醒過來。她也許能夠趁這條母狗疏神時反擊……

「妳要答應我：找到那個有『鈎十字』的男人後就放了她。」里繪站直了身軀。在她撫摸下，波波夫的情緒漸漸平緩下來。

「妳這女孩倒真有趣。」布蘭婕把文姬負在右肩，輕巧地躍落地面，但還是跟宋仁力保持著大約十呎距離。她瞧著里繪，美麗的嘴角揚起來。「我喜歡妳。」

里繪有點兒臉紅，但是沒有回答布蘭婕。她從吉普車找來一塊布巾，替宋仁力按壓著左耳傷口。他這才開始感覺到那火辣的劇痛。

里繪垂頭瞧著波波夫晶亮的雙目。她的眼神變得堅定。雖然知道將要面對比剛才更大的凶險，但至少有一件事讓她安心：她很快又可以和拜諾恩在一起。

第二十四章
少女美音

一九九二年　七月十五日　凌晨十二時三十二分
日本　東京市新宿區

從廉價揚聲器傳出的伴唱音樂突然扭曲了，變成一堆令人聽得極不舒服的雜亂鳴音，節奏也失去規律，和電視螢幕上的歌詞完全脫了節。

男客人猛打著手上的麥克風：「怎麼啦？壞掉了嗎？」

「可能是碟片壞了。」女伴不耐煩地說。「你去叫服務生換另一個吧。」

男客人咒罵了一聲，打開房門，正盤算要擺一副怎樣的臉色給服務生看，卻發現外面廊道裡擠滿了七、八個人，全都穿著花俏的夏威夷襯衫，有兩個還踏著木屐。再看那一顆顆頂著細鬈毛髮的腦袋，就知道是幫派的人。

男客人好奇地張望，發現最前面那兩個流氓正挾著個身材細小的女孩，那女孩背對著這邊，看不見臉孔，一頭篷亂的長髮烏亮柔軟，穿上好像是醫院病人的白衣。

「看甚麼？」走在最後那名流氓架著茶色眼鏡，把臉湊向男客人：「回去唱歌！」

男客人嚇得馬上縮回房間裡。

廊道旁其餘五道房門也陸續打開——同樣是因為伴唱機出現那股奇怪干擾，正準備向櫃台反應，也一一被這些黑道流氓嚇得退回去。

流氓們挾帶著女孩擠進最後那房間。房門關上後，那兩人把女孩扔到沙發上，然後把她團團圍住。

女孩伏在沙發上一動不動。瘦小的身軀似乎還沒有開始發育，可是五官細緻的臉孔已經引起這群流氓的遐想。她的臉原本長成健康的麥色，可是此刻因為驚恐而泛出蒼白。

「要不要先開首歌？」其中一個人問：「要不然她叫起來……」

「不用了。」戴茶色眼鏡那個顯然是頭領——身上的手錶和飾物比手下們都要貴重：「你不知道她是個啞巴嗎？」他伸手揑著女孩下巴。那瘦削光滑的臉頰上滿是淚珠。

「你看，哭成這樣也沒有作聲。」

那頭領放開女孩，撫弄一下腕上金錶。「妳叫……美音，對吧？淺夜美音。哈哈，這名字挺幽默的，把啞巴女兒叫『美音』……本來我不想這麼粗暴的，特別是妳剛死了爸媽。」

女孩美音仍然在無聲地流淚。雖然幼小，美麗的臉孔卻顯得異常堅毅。

「妳老爸啊，他本來也想帶妳一起走的，可是妳卻死不了——不知道這是妳的幸運還是不幸了，嘿嘿……」那流氓頭領露出齒冷的笑容。「反正妳已死了一次，也就看開點吧。現在我就跟妳算一算帳：妳老爸留下來的東西本來就不多，那個租色情錄影帶的爛店早就虧本虧進了骨肉裡。變賣以後，那些錢也只是進了銀行的口袋，輪不到我們沾手。他跟我們借那筆錢，就只好由妳來償還了。」

美音恐慌地猛力搖頭。

「別怪我們狠。妳好歹也是個國二生，在我們那一輩已經算成年人了……當然我知道妳甚麼也沒有。更別指望妳那些親戚了——他們連醫院也不敢去。幸好，妳還得感謝冥府裡的老媽，把妳生成女的，而且樣子很不錯，只是乾瘦了一點……」他說著時雙眼卑劣地上下掃視美音的身體。「妳就用這個身體賺錢還給我們吧！妳還沒交過男朋友吧？還是處女？要是的話，第一次可以賣個好價錢。那些有錢的變態老頭最喜歡這個了，出價高得妳也不敢相信呢……只要妳聽話，那點錢很快就可以還清，到時候說不定妳會回頭感謝我們帶妳『提早就業』呢，哈哈……」

當他說話時，身後一名手下已從手提皮包裡掏出一具附閃光燈的攝影機。

「可是現在首先要替妳拍一些好看的照片——別害怕，我們不會碰妳。妳可是重要商品啊。只是拍照而已。一來防止妳逃走，另外也是給客人們看看樣品……來，乖乖的，自己脫衣服吧……」

美音在沙發上蜷成一團，雙臂緊緊抱著膝蓋，不斷地發抖，有如一頭被困在獸籠裡的受傷動物。

「他媽的！」頭領不耐煩地托托鏡片：「你們來！給我小心些，別弄傷她！快！」

四名手下應聲趨前，像抓小雞般把美音提起來，硬生生扒開她手腳，牢牢壓在沙發上。

另一人的手指已觸及她領口。

美音張大嘴巴。

沒有聲音。

整個KTV店的所有伴唱音樂，瞬間突然變成銳鳴。全部客人禁不住掩耳。

一小時後店長感到不妙，進入那沒有動靜的房間，才發現八名流氓全部都昏迷倒臥在裡面。

女孩失蹤了。

□

美音蜷曲抱膝，坐在陰暗後巷的一個巨大垃圾箱與一堆廢棄啤酒桶之間。地上灰色的污水滲染她的褲子。病服底下全身流著汗。

她仍然在哭。為了死去的爸媽。也由於剛才流氓的威嚇。

更加因為對自己的恐懼。

剛才發生了甚麼事?她不知道。從小她就發覺自己身體有點不對勁——不是指不能說話這方面。

她記得很小的時候發生一次類似的事情:她在公園遊樂場玩耍時從鋼架上掉下來。當她哭夠了,擦擦紅腫眼睛四處張看時,發現附近的小孩全部在掩耳嘔吐……

還有這次家裡的慘劇。美音吃進肚裡的毒藥跟爸媽一樣多。父母撐不到兩個小時就死了,她卻只住院數天就幾乎完全康復。

——再這樣下去我快要瘋了!也許我已經瘋了……

——不如死掉還好……去跳車軌吧,這次絕不可以再被救回來……

「妳這麼討厭生命嗎?」

美音抬起頭。

說話的人背著街燈的光,看不見面目。只有一點看得清楚:頭顱刮得光禿禿。

「妳認識自己嗎?知道自己人生未來的所有可能嗎?在還沒有知道之前,妳甘心就這樣放棄一切嗎?」

美音驚恐地跳起來，飛也似地奪路而逃。就在她快要奔出巷口時，那個光頭男人卻已站在前方。

美音收不住腳步，一頭撞進男人懷裡。那碩厚的胸膛堅硬如鐵。

美音無意識般抓住男人衣襟，慌忙又縮手，卻一把扯脫了幾顆衣鈕。

這裡正好是有盞路燈在上頭。她看見男人裎露的胸腹紋滿了文字：

舍利子色不異空空不異色

美音從來沒讀過佛經，可是瞧了一眼這些文字後，她感覺心裡的恐懼竟有點減退了。

光頭男人一雙細目，帶著悲憐的神色。

「讓我帶妳去一個地方。那裡有個人，能夠教妳如何認識自己。**然後妳將不再感到任何恐懼。**」

□

那一晚，是十六夜無音最後一次流淚。

第二十五章
真言・使者・人偶

同時
穆努沼澤區

這片突出的濕地，就像沼澤中央一座灰色小島，被濃濁得像原油的死水圍繞。水生植物的枝葉浮滿周圍，近岸處冒起一片片白濁泡沫。對岸的四方全是茂密陰鬱的樹叢，裡面間或傳出不明雀鳥的怪叫。

十六夜無音的黃雨衣，此刻鋪墊在仍然昏迷的拜諾恩下面。她上身只穿著一件有點破舊的白色背心內衣，前後都被汗水濕透了，緊貼著她瘦細的身軀，隱約可見沒穿胸罩，而是以一片白布帛捲裹著胸脯。

無音盤起穿著綠色軍褲的雙腿，雙手十指纏捏成一個法印，閉目靜坐數分鐘，呼息才漸漸回復調勻。

剛才那連串急激的攻防，還要挾著拜諾恩飄水而行，短短數十秒內她所消耗的體力，大概相當於奧運級短跑手以一百公尺比賽的高速狂奔了八百公尺一樣。

世上沒有任何方式的肉體鍛鍊，能夠把人類機能提昇至這種境界。然而數千年前古印度的修行者已經發現，人類的潛能並不受限於肌肉與骨骼。意念與神經的高度修練、自由控制臟腑與內分泌的活動、長期而深度的自我催眠……種種秘法歷經數百世代的發掘與完善，其中一脈的傳承者正是無音的「家」——日本密教的「總本山」高野山。

——他們也是少數能夠以人類之軀與吸血鬼正面對抗的戰士。

調息完畢後，無音站起來，整理一下左臂上的軟劍。細窄的劍刃從腕部捲繞至距離肘彎半吋處，形如一個長長的金屬護臂。軟劍並沒有握柄，代之的是一個僅僅能套著一根手指的皮革圓環——無音僅以一指，就能夠把全長十呎的刃身操控自如。

她俯視側臥在地上的拜諾恩。那兩柄鬼頭鉤鐮刀仍深陷在他後腰，傷口已經止了血。無音仔細撥開衣衫的裂縫察看，發現創口四周竟然正生長出新肌，牢牢吸住刀刃。兩邊大腿上插著象牙簪的傷口也是一樣。

——他的身體能自行癒合，就像吸血鬼一樣！他到底是……

雖然已經止血，拜諾恩的臉卻白得像雪，雙頰和眼袋底下已滲出淡灰色，全身冷得在發抖。

無音只把拜諾恩腿上的尖簪拔走，用布條簡單繞纏包紮。背後雙刀她卻不敢動，恐怕一拔出來他會立時送命。

無音抓住拜諾恩冰冷的左手，另一隻手輕輕按在他額頭上。

拜諾恩的身體漸漸停止了顫抖。他的臉皺動了一下。昏迷中，他感覺到從無音雙掌循環傳送進他體內的暖流。

「媽……媽……」拜諾恩發出無意識的低喚，左手緊抓著無音的手掌。

無音頗覺意外，臉上不由赤紅了一陣。

她在他身旁再次盤膝閉目打坐，專注地調控自己的呼吸。不一會她的胸腔隨著呼吸發出一種震動的頻音。

她不停改變呼吸力道、速度和方式，那胸腹間的震音亦隨之變調。

唵——嘛——呢——

無音正以臟腑「唸」出密教的咒文。

咒文的震頻，透過身體接觸傳給拜諾恩（固體是聲音最直接的傳導物），引導他內臟機能再次活躍。

叭——咪——吽——

拜諾恩眼睛微微張開，眼神卻沒有焦點。

無音繼續把這「六字真言」咒文「唸」了八遍，確定拜諾恩的呼吸心跳恢復了不少後方才停止。

拜諾恩呆滯地看著眼前這美麗的女尼。她那充盈於臉容上的氣魄，讓他感到有點熟悉。

無音把擱在一邊的行囊拉到身旁，從裡面掏出一個長布包解開來。

一柄鏽漬滿佈的日本刀。

拜諾恩認出來了。他朝無音點點頭，略為牽動了背傷，馬上皺眉咬牙。

無音從軍褲的後袋掏出一張早已寫就的紙片，遞向拜諾恩面前：

「Who Killed Him？（誰殺了他？）」

拜諾恩閉目咳嗽。又是一陣劇烈的痛楚。喘息了好一會後，他緩緩把左手伸往地面，以指頭在灰泥上畫了一個符號。因為手臂無力，拜諾恩的指頭控制得不靈活，那個符號畫得歪歪斜斜的。

但是無音一眼就能辨認出來。

她怎麼會認不出？她先前不久才跟眉心擁有這個符號的男人對戰了一回。

無音憤怒地揚起武士刀，把刀鞘狠狠插進泥土上那個「鈎十字」中央，直沒入地下數吋。

——復仇的對象原來剛才就近在眼前，卻眼睜睜地放過了！

她回頭瞧往剛才逃來的方向。

——假如現在回頭追他來得及嗎？對方必定料想不到我會去而復返，可收突襲之效……

「即使迎擊惡鬼羅剎之時，也絕不可生嗔怒仇恨。」無音想起師尊的教導：「十方邪物，實在也是受自身業報所害。縱使不得不揮劍斬殺，亦必要懷著慈悲超度之心。」

無音閉目觀心，默唸了一段經文，才漸漸把殺伐復仇的血氣壓了下來。

她睜目，看著氣息柔弱如絲的拜諾恩。

——要是把一個垂死之人拋棄在這裡，還說甚麼「慈悲」？

她從行囊裡掏出一件舊衣，輕輕抹拭拜諾恩臉上、頸項和雙手的泥污與血漬。拜諾恩仍然陷於半昏睡，雙目勉強睜開兩條細縫，一直凝視著無音的臉。

——也許他眼中所見的，仍然是自己的母親……

她不知道拜諾恩根本沒有見過生母。

無音早就嗅到拜諾恩的衣衫和兵刃，尤其是那件黑色的皮革大衣，充溢著濃濃的吸血鬼氣息；加上聽過朗遜探員那卷錄音帶的描述，足可斷定這個男人是同道「斬鬼士」無疑；而且根據朗遜說，他們兩人曾合力埋葬空月師兄的屍身，當亦算是高野山一門的恩人。無音更決心要拯救他的性命。

——還是先帶他脫離險境再說。那個「鈎十字」，總有辦法再找他出來。

無音再次調息數分鐘，正準備揹起拜諾恩時，忽然感覺四周密林有一種異常的氣氛。

太靜了。連剛才的鳥鳴也消失了。

一股無由的寒意，令無音全身的毛孔都收縮。她斂聚心神，右手食指在掌心上飛快劃完「臨・兵・鬪・者・皆・陣・列・在・前」九字訣，身體的神經機能頓時被內分泌刺激活躍起來，聽覺與視覺迅速增強。她蓄著薄薄短髮的頭頂，冒出了絲絲蒸氣。

——能夠如此短時間內令身體進入臨戰態勢的密教「斬鬼士」，在高野山金剛峰寺裡也不出十人。

沼澤四周的景色，在無音眼中彷彿頃刻改變了：樹木變成了電燈柱和廣告牌；水澤變成餐廳後巷的大灘積水；濕泥變成了冷硬的混凝土地面……

她感覺彷如回到東京鬧市某條暗街的巷道。

因為敵人的氣息太熟悉了。

「竟然遠在這種地方也能夠遇上她，實在太幸運了。」一把聲音以日語說。

三條人影從東面對岸的樹叢間出現。

三個都是東方人。

左側是個身材臉龐略胖的年輕男人，頭髮有如一篷亂草，細目掩藏在一副圓形的金絲眼鏡底下，唇上長著疏落短髭，兩邊臉頰長滿了青春痘。身上那套日本學生服與年紀很不相襯，一看那副落拓相，就像是個考大學多次失敗、生活不修邊幅的超齡學生。

「沒錯。比考上東大還要幸運呢。」「學生」說。「我們這一趟沒白來。」

「我早就說過啦，須藤。旅行是很好玩的。」答話是右側那人。因為戴著口罩的關係，聲音被阻隔得有點模糊。雖然只露著上半臉，但可是個長相普通的中年人，身上披著一件有點破舊的醫生白袍，雙手穿戴手術用橡膠手套。

無音的視線絲毫不敢離開這些敵人。這兩人雖然相貌平凡，她卻判斷出對方必定是「鴆族」吸血鬼的精銳。

事實上每名「鴆族」成員都不可輕視。無音曾從師尊口中得知有關吸血鬼的簡要歷史：約一千年前吸血鬼發生了一場慘烈的部族內戰，身為三大分支之一的「鴆族」落敗，而且千年來一直被勝利的「噬者」追殺，直至逃到遠東只有少數族人殘存，過著極隱秘的生活。這些殘餘的「鴆族」，自然沒有一個是弱者。

但此刻令無音最訝異的，還是夾在中央那第三個男人。

她認得他——事實上全日本很少人不認識他。

天馬聖雄。十年前一手造成東京地下鐵毒氣事件的「捨體教」教祖，日本歷史上最有名的通緝犯。

狂熱新興宗教團體「捨體教」為了實現其末日教義，並達成控制日本政府的狂想，發動了震驚世界的地鐵沙林毒氣襲擊，造成一二八人死亡、六百餘人身體機能永久受損的慘劇。事後日本警方直搗富士山腳下的「捨體教」總本山，陸續緝捕了教派所有幹部並一一定罪。唯有教派創始者、自稱擁有各種超能力的狂想家天馬聖雄，卻始終下落不明。

有關天馬的傳言一直不絕：有各種關於其死亡的說法，也有消息稱他早已到西伯利亞的教派支部躲藏，仍然在享受由大批盲從信徒身上搾取的財富。更有說他與俄羅斯的黑幫結盟，合作向日本輸出毒品……

——想不到原來他已被「鴆族」收為己用！

眼前的天馬聖雄，樣貌與十年前的通緝照沒有多大分別，但雙眼失去了當年那種彷彿能夠催眠人心的懾服力。他身穿一襲寬鬆的素藍長袍，神情異常呆滯，一言不發。

相反的，站在他左右那兩個長相比他平庸得多的男人，卻顯得情緒異常高漲，不斷在高談闊論。

「全靠佐久田醫生你的判斷，我們才釣到這一條——不，是兩條大魚。」「學生」須藤吃吃笑著說。

「當然了。」「醫生」佐久田的嘴巴蓋著口罩，但顯然展露著非常得意的笑容。「我才不會像卡穆拉那傢伙般笨，人家一邀請就隨隨便便正面現身。」

「須藤」與「佐久田」都不是他們的真實名字——「鴆族」吸血鬼其實大部分生前都不是日本裔。為了躲避「噬者」的追殺，他們的實名只載於「鴆族」宗家手上的名冊裡，幾乎永不使用。

兩人事實上比「血怒風」使者卡穆拉更早到達摩蛾維爾，卻一直隱藏不出，並暗中監視馮．古淵的動向，一來是怕這次聚會乃是「吸血鬼公會」的圈套；即使不是陷阱，他們也打算先探查一下馮．古淵發出「天國之門」召喚的目的，以增加日後談判的本錢。

然而意想不到，這次「天國之門」竟然也引來了「鴆族」在本土的宿敵——東密「斬鬼士」。過去五年來，已有三名「鴆族」高手被斬於密教高手劍下，但「鴆族」不敢貿然發動反擊，害怕大規模的戰鬥會惹來「吸血鬼公會」注目。

「馮．古淵真是有意思啊。」佐久田又說：「點燃了一點小燭光，就引來這麼多撲火飛蛾。」他的視線下降，瞧向地上的拜諾恩：「這就是馮．古淵的王牌嗎？嘿嘿，最後還不是落在我們手裡……」剛才無音拯救拜諾恩的一幕，也看在兩人眼內。

魯道夫．馮．古淵是「吸血鬼公會」歷史上最野心勃勃的叛徒，此次廣發「天國之門」的請柬，邀請「血怒風」與「鴆族」兩大殘黨的使者到來，自然是要共商結盟推翻「公會」之舉。但這次起事也必然引來「公會」的「動脈暗殺團」追殺。馮．古淵自遭「公會」放逐後，隱匿了近一百五十年之久才突然再出手，「血怒風」與「鴆族」皆斷定，他必然是在最近掌握了某些秘密——「一個足以打倒「吸血鬼公會」的關鍵。

佐久田旁觀剛才的戰鬥，卻見此一「關鍵」，就只是這個不堪一擊的獵人，很是意外。

「卡穆拉好像說，他是個『達姆拜爾』。」須藤抬抬眼鏡，凝視重傷昏迷的拜諾恩：「我一直以為那只是傳說……」

無音有點疑惑。她從沒有聽過「達姆拜爾」這詞語，只知道拜諾恩的身體確實異於正常人類，那些正在癒合的傷口就是證據；而聽朗遜的錄音帶所描述，幾年前他曾經差點獨力把那可怕的「鈎十字」擊殺。

無音強自壓抑著，沒有偷瞄拜諾恩。她的視線始終不離這些「鴆族」使者。這兩人雖然談笑自若，但無音知道他們任何一秒都會出手突襲。

她右手食指已暗暗扣在左臂軟劍的圓環裡。

「是否『達姆拜爾』也好，肯定馮．古淵真的非常渴望得到他。」佐久田整理一下臉上的手術口罩。「我們先把他拿到手準沒錯。」

最令無音不安的，仍然是在中央一言不發的天馬聖雄。

佐久田和須藤說得興高采烈，卻渾不把天馬當作同伴，那態度彷如視之為隨從或寵物；而這個曾經以懾人容貌與激進講道迷惑數以千計信眾的「捨體教」教祖，此刻竟呆滯如泥塑的人偶。佐久田甚至要用手摻扶著天馬的肘胳，似乎若非如此，天馬便無法站立步行……

——難道是……？

無音暗中把嗅覺提升，並且對準著三人的方向。佐久田與須藤自然傳來她熟知的吸血鬼氣息。

然而天馬聖雄身上，卻只混雜著幾種古怪的草藥味道，並沒有散發吸血鬼的氣味。無音再仔細看他身姿。吸血鬼因為具有超越常人的運動神經，其站姿常予人一種錯覺，好像身體比實際更輕巧，甚至像微微飄浮離地。天馬卻像站立不穩，腳步拖沓，身體既僵硬又沉重。

可以肯定，「鴆族」並沒有把他變成同類；卻又在這麼重要而危險的場合，把他帶在身邊……

無音感到一陣悚然。

——是**「偶」**！

她從前輩處聽說過：擅長運用草藥和毒物的「鴆族」，以人體為素材，製造出一種名為「偶」的可怕兵器，其確實戰法和威力外人無法得知——過去曾遭遇「偶」攻擊的「斬鬼士」，從來沒有一人生還。

就連自負孤高的師兄空月，在跟她談及「偶」時也臉色微變。

當時空月對她說：「妳記得師尊常說的一句話嗎？『人心懼死，因為不知死後何去。』不知道是甚麼的東西，往往就是最可怕的東西。」

無音正在猶疑：此際是否應該搶佔先機，出劍把天馬聖雄斬成碎塊？但是一旦出手，須藤與佐久田必定乘機從左右向自己夾擊。軟劍遠距擊出後，能否及時收回守禦？她不斷暗中盤算，卻無法拿定主意。

這時兩個「鴆族」使者卻已停止說話。那是即將攻擊的先兆。無音全神防範，視覺的注意力特別放在對方雙手上。佐久田扶著天馬的手，此時明顯握得更緊，那姿態彷彿像把天馬當成自己手上的兵器……

——如果負責操作「偶」的是他，那另一人必定會首先出手，使我分神。

但是須藤全身靜止，無法看出做著甚麼攻擊準備。

——難道……

結果先出擊的還是佐久田。

他的雙手並沒有動。

身上卻有一件東西動了：他的口罩。

口罩中央突然破開一條細小的裂縫。一叢反射著金屬光芒的東西，從中急射而出。

吐射物分成五、六片，朝無音的臉和胸口擴散——

無音全身皮膚通紅，後腦的「唵」梵文刺青彷彿顫動了一下。

無聲的劍刃割破空氣，在她身前劃成圓弧。綿密的金屬交鳴。

無音這一記攔截外表看來十分輕鬆，那一揮手的動作就像只是隨意撥去衣衫上的塵垢。但她內心卻處於最高戒備狀態。

她知道，另一邊的須藤必定乘著她揮完劍露出的空隙攻過來。

猜對了。可是須藤的攻擊方法，卻在她意料之外。

身材肥胖的須藤，四肢關節和脊椎竟柔軟得異乎尋常，他把全身捲成一團，頭部、雙手和雙足都擠縮在胸腹肌肉內，整個人就變成了一顆圓球，以炮彈般的速度與威勢飛出。

飛撞向無音的是須藤碩厚的背項。無音早已料定了須藤的攻擊時機，完全來得及以軟劍反手迴掃抵抗。

但是戰鬥本能與經驗，在這瞬間告訴無音：

——不對。

須藤敢以這種方式攻擊，他背項部位必定有某種特殊保護。不管是穿著防護物或是經過特別鍛鍊。無音在極短一刻作出如此判斷。

無音果敢地往右躍起閃避，心裡已準備把軟劍迎向天馬聖雄。

——不要被這些攻擊蒙蔽！「偶」才是真正的主力！

然而佐久田和天馬聖雄仍停在沼澤對岸，沒有任何動作。

疑惑間，無音感覺左側一股襲來的迫力。

須藤被無音閃過後直撞到泥地，身體竟真的像個充滿彈力的橡皮球，以更高速度反彈起來，再次朝她襲來。

從「球」的其中一條肌肉摺隙中，一隻左手詭異伸出來，以爪狀捏向無音咽喉。

——回劍——

那隻左手五指，已然觸摸到無音喉頭皮膚——

軟劍在那手腕上纏了一圈，急激收縮。

須藤帶著血泉飛退。

一股鮮血，不偏不倚潑灑到昏迷的拜諾恩臉上。

無音全身冒著冷汗。須藤那隻的斷手仍然握在她咽喉上，只是來不及發力就與手臂分離。軟劍若慢了分毫，此刻她已再無知覺。

但這不是驚恐的時候。

因為「偶」已經來了。

剛才須藤作出反彈攻擊的同時，對岸的佐久田把天馬聖雄當作死物般擲出去。

十呎軟劍一而再地改變攻防方向，劍勢已然衰竭，一時無法再斬向「偶」。

無音放棄用劍，左手捏成拳頭，迎擊向「偶」的胸口。出拳時她內心一片空明，只充盈著一種聲音。

O～～～M～～～

——這是不得已的最後招數。

這瞬間天馬聖雄的臉與她只相距三呎。那面孔仍舊毫無活人氣息。

同時誰也沒有注意到：躺在地上的拜諾恩嘴巴微張，輕輕伸出舌頭，舔了舔剛才灑到他唇上的吸血鬼血液。

第二十六章
夢獸

拜諾恩躺臥在絕對的黑暗裡。他確定自己已睜開眼睛，然而眼前完全幽閉，不見一物。赤裸的身軀，被某種冰冷而濕潤的東西包覆，全身皮膚有股強烈的刺癢，四肢被重壓得無法動彈。

窒息。他張口試圖呼吸，湧進口腔的卻是一種腥苦的流質物。濃濁的腐爛氣息裡，混和著金屬味道。

是泥土。

——我已經死了嗎？不對。所有感覺都還很清晰……我還活著！這裡是……

被活埋的恐怖瞬間淹沒了他。每個毛孔都滲出冷汗。他瘋狂喊叫，但叫聲只在自己耳蝸內迴盪。

四肢狂亂掙扎。十指在那狹隘的空間裡拚命挖掘。但是以這仰臥的姿勢，他根本無從發力，只能不停扭動身體，把空間逐分擴張。

缺氧漸漸變得嚴重。拜諾恩感到全身的血與體液都在翻湧，體內每根管道膨脹欲裂。

意識逐漸模糊稀薄。所有骨頭關節發麻痠軟。牙齒緊緊咬噬著腥苦的泥土……

他忘記了自己如何掙出那地獄。

一陣挾帶著針般細雨的寒風颼過來，吹得他渾身顫抖。他俯跪在那個五、六呎深的墓穴旁，痛苦地嘔吐。潑撒一地盡是泥黃色的胃液苦水，當中有十幾條粉紅色的蚯蚓，兀自在灰土地上作垂死蠕動。

良久他方才清醒，緊抱著雙臂惶怯站立。風雨沒有一刻停息，他那副被泥土染成鉛灰色的裸體在狼狽地震顫。濕漉的黑髮貼纏在臉頰和頸上。

他垂頭看看自己雙掌。皮膚薄得近乎透明，一根根青色的靜脈清晰可見。

然後他抬起頭。他瞧向前方。後方。左邊。右邊。

全是一模一樣的景色：一條空無一物的地平線。沒有半棵樹。沒有起伏的土丘。只有平整的灰鉛土地，從所有方向無限延伸。天空密佈著幾乎同一顏色的厚雲，凝重而靜止不動。

——這裡就是死後的世界嗎？還是我彌留等待死亡的地方？我要留在這裡多久？

他仰頭瞧著天空許久。雲霧始終毫無變化。他無從分辨那股寒風從哪個方向吹來。

最終他連站立的氣力也消失了。四肢大字形地平躺下來，雙眼輕輕閉上。他彷彿感覺身體每個細胞都在萎縮，生命力一點一滴地消逝……

「**人子**，你已經覺醒了嗎？」

眼睛睜開的剎那，風雨都霍然息止。

那股揮之不去的寒意頓時消失。

剛才的聲音細小得像來自極遙遠的地方，然而拜諾恩清楚聽見每一個字。

他驚異地爬起來，發覺手腿也恢復了力氣。四處探看，依舊是那片空茫無際的風景。

墓穴不知何時已然消失，回復為平整的地面。連剛才的嘔吐物也消失不見了。

只餘下他自己。還有天與地。

——是誰在說話？

他看見了。在某一個方向的地平線上。

最初只是一顆細小的黑點，但是往這裡接近的速度極快，幾秒後拜諾恩已經能夠辨出輪廓。

他再擦擦眼睛，下一刻那東西就站在他面前。

「是你對我說話嗎？」拜諾恩問。

野獸那碩大烏黑的軀體有如石像般紋絲不動，彷彿從來沒有移動過。只有頭頸上的火紅鬃毛在飄飛。三隻異光流漾的漆黑眼睛，漠然地俯視拜諾恩。

「這裡只有你和我。」血紅的獸嘴露出如刀戟的獠牙，分叉長舌隨說話吞吐。

「這裡？」拜諾恩像要再次確認般瞧瞧上下四方，赫然發現天空的烏雲已散去大半，露出一個古怪天體，比月亮巨大幾十倍，球體表面的山崚起伏清楚可見，彷彿近得伸手可觸，那泛出的光芒帶著一種妖異赤色。

「這是哪裡？」

「這是一個不存在於宇宙任何角落的『界』。」獸鼻上的皺紋深如刀刻，鼻孔冒出蒸氣般的白霧。牠的六條壯腿輕輕踏了踏灰土，然後伸出左前足搔搔腹部，揚起一叢螢光蚤子。

「『界』？」拜諾恩好奇地端視上空那星球。他看見上面好像有流動的河道。

「不要再看了。在這個『界』裡，眼睛是沒有用處的。即如此刻你眼中的我，也並非我真實的樣貌。這只是我呈現在你之前的一種『相』。」

「我不明白。」

「這個『相』，以人類能夠理解的語言來說明的話，就是我與你意識交流的一個媒介。我必須借助『相』與你說話，因為我的實體無法呈現在你跟前。正如我無法以一個細胞、一顆原子、一個星系的形態呈現。因為這等形態超乎了你感官的界限。」

拜諾恩滿臉疑惑地盤膝坐在地上，這才發覺原本光禿禿的泥土上已生長了一層短薄草苗。他禁不住伸手來回撫摸。那舒服的柔軟觸感十分真實。

「你是說這一切都不存在嗎?你為甚麼要跟我說話?為甚麼選擇我?」

「我並沒有選擇你。我本來就存在於你的靈魂裡。我同樣存在於一切擁有『永劫』的靈魂裡——當然我說『靈魂』只是讓你容易理解而已,那並不等同人類信仰所指的靈魂,只是概念相近。」

「『永劫』是指吸血鬼的因子嗎?」

野獸那長著三支彎曲犄角的頭顱,略略點了一下。「這已經是我和你第三次相會。三次都是在你瀕臨死亡的時刻。只不過在『界』裡發生、看見和聽聞的一切,在你回到凡界之後,不會遺下任何記憶。」

「這麼說,你也存在於所有吸血鬼的靈魂裡嗎?」拜諾恩緊握雙拳。「所有吸血鬼都能夠看見你嗎?馮.古淵呢?」

野獸那如巨蛇的尾巴揮動了一圈。牠的身體緩緩伏下來。

「被慾望淹沒的靈魂,是無法與我相會的。你問的那個人,我不知道他是誰。你忘了嗎?這是只有你與我共存的『界』,也只容得下你和我。在這裡你對我提及任何人的名字,我也不可能知道。」

拜諾恩因為這連串虛無的答案而納悶。他手肘支在膝上,托著臉沉思了好一會。然後才問：「你能夠告訴我，吸血鬼從何而來嗎？」

野獸大笑，那笑聲當中夾雜著像金屬刮擦的銳音。拜諾恩感覺陸地也隨著笑聲而震動。

「你終於也問了個有趣的問題。」野獸眨眨額頂中央那隻眼睛。「好吧，就用『吸血鬼』這個你比較習慣的名稱。吸血鬼從何而來？你為甚麼不問：人類從何而來？還有『他』又從何而來？」

野獸的前爪往身體右側招了招，那邊的土地馬上像流沙般凹陷，破開一個地洞。一具人形從洞口緩緩爬上地面，如牲畜般四肢著地。

他那蒼白瘦削的赤裸身體在不自然地顫抖，從齒間發出極端痛楚的呻吟，全身皮膚隨之自行出現數以百計創口。一根根如尖銳刀刃的白骨自皮肉底下突破生長出來，染滿了閃耀生光的淋漓鮮血。

拜諾恩認得他。是天才吸血鬼布辛瑪在倫敦秘密培育的那頭怪物。「開膛手傑克」。「活死人的殺戮者」。在布辛瑪的筆記裡，還有那本《永恆之書》上，多次出現過他最古老的名字：「默菲斯丹」。

這個「默菲斯丹」的樣子，與拜諾恩在倫敦看見的「傑克」一模一樣。他明白這是野獸從他記憶中「抽取」出的形象。

然後野獸左邊的土地也裂開來了。

這次拜諾恩一眼便認出，自第二個洞口爬出的是誰：魯道夫．馮．古淵。

拜諾恩咬著下唇，指頭深深陷進掌心，強壓著心底的暴怒。他努力提醒自己，在這裡眼中所見的一切都並非真實。

這個馮．古淵額上並無「鈎十字」紋記，黃金的長髮依舊耀目，然而那張俊美的臉沒有任何表情，失去了一貫那睨視蒼生的冷笑。

「**梵姆帕亞（Vampire）與默菲斯丹（Mephistan）**。」野獸的聲音在曠野上迴響。「他們的遺傳因子出現於凡界並非偶然。這是一場沒有任何獎賞的爭戰。一場遊戲。或者說是惡作劇。」

「他們是黑色與白色的棋子。勝利或失敗與他們無涉。然而他們別無選擇。為了自身的存續，只能按照**奕者**的意志而行。」

「你是說：他們是被指派來我們世界的嗎？」拜諾恩感到一陣無由的悚然，像是在接觸某些他夢想以外的事實。「你說的『奕者』是誰？神？魔？外星人？」

野獸呵呵大笑。在他兩旁的人形馬上產生出變化：「默菲斯丹」背項長出一雙純白羽毛的巨大翅膀，頭頂發出令人眩目的光芒；馮．古淵頭上則突露出兩支尖銳彎角，下面雙腿變成一對長滿黑色硬毛的羊足，後臀生長出一條幼小而末端形狀像箭矢的古怪尾巴。

「他們變成這個樣子，你會比較容易接受嗎？」野獸笑聲不止。「別把一切都套進你既有的概念裡，那只會妨礙你看見實相。忘記那些無意義的稱號吧。可憐的人類已經為它們虛耗了數千年。

「奕者的存在，不可證明，也不可否證。你不必理會。那是不屬於你、吸血鬼、『默菲斯丹』或任何凡界蒼生的領域。我已經說過了：勝負與棋子無關。棋子行走於棋盤裡不是為了勝利，而只是為了爭戰與存續。」

「那只是他們雙方的戰鬥嗎？人類呢？人類是屬於哪一方？」

「人類並不屬於任何一方。人類不是棋子。」野獸的三隻眼睛泛出嘲諷的神色。「人類是棋盤。也就是他們的戰場。人類註定最後一無所得，只是充當靈魂的容器而已。」

「甚麼？」拜諾恩跳起來，朝著野獸揮舞雙臂。「你是說，人類不過是為了盛載吸血鬼因子而存在的……『容器』？」

「不只是吸血鬼，也包括他們。」野獸伸爪指指右旁的「默菲斯丹」。「本來確實是如此。」

拜諾恩跪了下來，雙手抓住泥土，用力得指甲縫也滲出鮮血。不知何時，雙眼已經濕潤。

「何故如此悲傷？」

拜諾恩無法回答。他的手指越陷越深。整隻右手鑽進了泥土底下。在裡面他摸索到一件堅硬的東西。

拜諾恩發出的狂怒嚎叫，令野獸也略微退後。從土地裡，他猛然拔出一柄銀白長劍。

「為甚麼？」拜諾恩呼喝著，把長劍投向野獸的左旁，貫穿了馮．古淵的胸膛。但這個馮．古淵仍然一動不動地站著，插著長劍的創口也沒有流出半滴鮮血。

拜諾恩再次跪下：「為了甚麼？這麼長久以來我是為了甚麼而戰鬥？……」

「對。」野獸沒有動容。「你是為了甚麼而戰鬥？」

「我曾經相信世上還有值得戰鬥的東西！但真相不過如此……不過如此……」

「而你現在就不相信了嗎？」

拜諾恩看見自己的淚水，在土地上聚成一個小水窪，一張臉驀然在那水中倒影出現。是慧娜的臉。

「人類總是如此急躁——這是你們最大的弱點。但是也不能怪責你們。因為你們的生命是何等短促啊。

「聽完我的說話吧。如我先前所說，人類本來確實只是吸血鬼與『默菲斯丹』爭鬥的戰場。然而後來出現了重大的變化。

「最初的關鍵是：『默菲斯丹』失敗了。徹底的失敗。他們甚至淪為吸血鬼玩弄權力的工具。」

拜諾恩抬頭看。站在野獸右側的「默菲斯丹」靜止了下來，皮膚漸漸變成鉛灰，與土地的顏色一樣。下一刻他已經化身為一座毫無生機的泥塑。

「爭戰大勢已定。奕者當然乏味地離座，遺棄了這個殘局。」

野獸輕輕揮動蹄爪，把那座泥塑擊得粉碎。

「吸血鬼、『默菲斯丹』、人類三者，原本構成一種美妙而又相互依存、戰鬥的制衡。然而其中一角無力地崩潰了。只餘下吸血鬼與人類。獵食者與獵物。慾望取代了戰志。而慾望——沒有限制的慾望——最終必將導向毀滅。」

「『默菲斯丹』的失敗，卻也促使吸血鬼自身產生了權力結構。經過長久的內鬥淘汰而倖存下來的吸血鬼統治者擁有不凡的智慧，洞察出毀滅的方向。他們採取了自我克制的方式來延緩毀滅的進程。然而這是不夠的。慾望的力量超越了任何主觀意志。毀滅最終還是會降臨。」

「意想不到的事情發生了。原本在這場遊戲裡最無足輕重的一方——人類，出現了變化。」

「是甚麼變化？」拜諾恩擦去淚水。他抬頭發現，天空變成完全血紅。那個奇怪的天體消失了，代之浮現的是無數有如水母般飄游的細胞。

「所有生命體都依循著一個共同法則：盡一切手段把自己的基因——即遺傳情報——繁衍延續下去。這是過程，也是目標。不為了甚麼，而是必定如此。

「為了遺傳因子的存續，生命體必要恆常地改變自己以適應外界的環境，否則難逃被淘汰的命運。

「人類卻與其他生命不同：他們擁有改造環境以適應自己生命形態的能力。簡單來說就是『文明』的建造。也因此人類的遺傳因子再無改變的強烈必要。演化停滯了下來——至少表面上如是。」

拜諾恩繼續看著天空。在細胞之間開始出現某種黑色粒子。粒子逐一入侵每個細胞的壁膜。黑色素緩緩在細胞內擴散，直至把細胞核完全吞噬。

「可是事實上人類的變異一刻也沒有停止過。因為他們的基因沒有忘記吸血鬼這恐怖威脅的存在——即使吸血鬼長年隱藏在歷史的暗影之中。那股恐懼烙印在人類的遺傳情報裡，代代傳續，並未消失。

「終於人類產生了對抗吸血鬼的能力——雖然只是稀有的突變，但是另一場戰爭的黎明已經來臨。**棋盤變成了另一顆棋子。**」

野獸伸長分叉的赤紅舌頭，舔舔前方的土地，那裡的泥土馬上濕潤溶化。

一個美麗的裸體女人，像嬰兒般蜷臥在那個坑洞中央。她的樣貌顯得貞潔無瑕，白皙的肌膚在灰土映襯下像發出淡淡的光芒。

拜諾恩又再次哭出來。他從沒有見過這個女人，但他知道她是誰。

他的母親。

「那是機率微小至極的突變。但是終於也產生了。而且不只一次。其中一次，就發生在這個女人身體裡。」

一直呆站在野獸旁的那個馮．古淵，迅速把插在胸口的長劍拔出來。他踏進那個坑洞，把女人牢牢按壓在地上，開始向她施暴。

拜諾恩想下去阻止，卻發覺自己的身體動彈不得。他眼睜睜瞧著母親被自己的宿敵蹂躪。她的臉痛苦地緊皺。陰部流出許多鮮血。可是她沒有發出任何聲音。

野獸的語聲仍然不帶任何感情：「現在你明白了嗎？關於你的存在理由的一切。你的使命。或者說，是宿命。現在的你有必要知道這一切。因為這是我們第三次見面。**你已經覺醒了，人子（Son of Man）。**」

那個坑洞漸漸合起來，把一雙仍在劇烈交媾的男女掩埋。土地又恢復平靜。天空中的細胞消失了，回復原本灰雲密佈的景色。

拜諾恩垂頭看看，發現自己已經穿回一身獵人衣裝。寒風再度颳起來，把他的黑大衣揚起。

他整理一下衣袖，然後抬頭朝野獸問：「那麼我此後要往何處去？」

「這是屬於你的爭戰，與我無關。」

「我會勝利嗎？只憑我一個人？」

「要是我把結果告訴你，有差別嗎？每件事情你必定要預知結果才去做嗎？」

拜諾恩微笑——這是他在這個世界裡第一次笑。

「我還是有一點不明白：你說過，在這裡發生的一切，還有我看見和聽見的，在我回去以後都不會有任何記憶。那麼你告訴我這一切又有何意義？」

「『記憶』是不重要的。」野獸閉起三隻眼睛。「記憶只是個體與萬物擦身而過遺留的殘餘物而已。

「雛鳥怎樣學會飛翔？幼獅如何懂得獵殺？那不是靠經歷和記憶，而是遺傳因子的覺醒與解放。」

野獸轉身踱步而去。六條獸腿在灰土上留下兩行深陷的爪印，每踏出一個印記，上面都燃燒起藍色的焰朵。爪印最後串起來，變成一條彎曲蜿蜒的火焰之路。

野獸的身影已然遠去，消失於地平線外。可是拜諾恩仍然聽見牠最後的話。

「你也是一樣的，人子。去吧。跟隨你身體的意志，**去飛翔和獵殺吧**。」

第二十七章
獵殺本能

無音那隻纖小拳頭帶著一股強烈震頻，甫一接觸天馬聖雄的身體，就令他的衣袍從中破裂打開，袒露出他胸膛。

沒有半片肉的胸膛。

天馬聖雄的上半身完全是一個空殼。白森森的胸骨、肋骨與脊椎，像構成一個籠子。而這個「籠」裡竟然真的養著一隻禽鳥。

在這極短瞬間，無音看不清那是一隻怎樣的禽鳥。牠正在天馬聖雄的肋骨之間翻騰拍翼，只能從模糊的身影辨出，鳥身頗為碩大。

無音斷定這必然就是天馬這個「偶」的殺著所在。

她拳頭的力量繼續前進，轟然把天馬右邊第五至七根肋骨擊成碎片，並且毫無停滯地直插胸膛裡，襲向那隻禽鳥。

但牠卻往上消失了。無音的拳頭打了個空，直插向底，把天馬的脊椎擊折。

她的整條左前臂，因此被困在天馬的胸膛裡。

天馬的喉頸猛然膨漲，頭顱後仰，兩邊腮骨發出清脆的斷裂聲，整副下巴脫臼往下跌墮。

那隻神秘的鳥自他洞開的嘴巴脫出，展開雙翅猛地一振，在極短距離裡，以鷹鷲般的威勢朝無音面龐旋轉撲擊，尖銳的鳥喙直取她左眼。

無音情急之下，以左手單臂把天馬聖雄整個人抽起來，試圖以他的身體抵擋這啄擊，同時右手食指也竭力想重新振起軟劍。

但是那猛禽的來勢實在太快太近，已經來不及了。她偏過臉閉目，準備承受劇痛。代之而來的，是鼻前半吋處迅疾橫掠而過的一道寒冷銳風。

她驚異地睜眼。面前的猛禽已經消失。

緊接在左邊十多呎外，一棵樹幹發出被硬刃插入的爽利響聲。

無音這才首次看清楚，那是一隻怎樣的鳥：形貌似乎是烏鴉，然而身體上的羽毛夾雜著紅、藍、綠、金數種詭異顏色，身體大如獵鷹，嘴喙和鳥爪都異樣地彎曲尖長。一雙赤紅眼睛暴突著，身體散發出絲絲慘綠色霧氣，隱隱帶著一股辛辣嗆喉的氣味。從外觀看已經可以斷定牠的身體帶著劇毒。無音慶幸剛才自己那拳沒有打中牠，否則現在恐怕整條左臂都會報廢要砍去。

毒鳥被一柄刀釘死在樹上。

一柄雕刻著惡鬼頭顱的鈎鐮刀。

無音赫然回頭。

地上空餘那襲攤開的黃色斗篷雨衣。

原本奄奄一息的拜諾恩，不知何時已經消失。無音、佐久田與須藤竟然皆無一察覺。

——是誰把他劫走？而且救了我的命！

須藤的身體重新伸展開來，下半身浸泡在沼澤水潭中，抱著斷去手掌的左腕。傷口已經迅速止血，並且結合成一個圓球狀。

他瞧向釘在樹上的毒鳥，又看看倒在泥地上天馬聖雄那破敗的軀殼，憤怒莫名。

「鴆族」專長於調製各種奇異的藥品與劇毒，包括須藤這有如橡膠的身體，也是以特殊藥湯長期浸泡而成；而「偶」正是「鴆族」製藥技術的巔峰產物。

製造「偶」的「素材」十分難尋，原因是在長時間的泡製過程中，「素材」必須承受極度強烈而長久的肉體與精神痛苦，故此務必要挑選少數具有強韌精神意志的人類；而即使經過嚴格挑選，「偶」的成體與失敗品比例也高達一比五。

如此花費心血的貴重兵器卻只能使用一次。對於「鴆族」而言，每一具「偶」的價值相當於等重的黃金。

——今天卻是「偶」第一次失敗！

佐久田與須藤都感到悔恨而焦急。他們回去老家後，必定會受到嚴厲的責罰，唯一贖罪的機會就是把敵人全數滅口，以保護「偶」這武器的秘密。

但是拜諾恩到哪裡去了？剛才他已經奄奄一息，必定是有人把他帶走，並且從他身上拔出那柄鐮刀，截擊下「偶」的毒鳥……這個厲害的人到底是誰？

無音這時才把捏在自己咽喉上的那隻斷掌扯脫，狠狠拋到水中。她早已收回軟劍，戒備著兩個「鴆族」使者，同時也在分神察看拜諾恩的影跡。

——到了哪裡？

——剛才那鐮刀飛得好快，好強的力量……

須藤與佐久田的驚異不下於無音，但是比起拜諾恩的下落，他們更關心是要對付這個神秘的新敵人。

兩人對視了一眼，同時發現對方有點異樣。

「須藤……怎麼你在發抖？」佐久田發問時，聽見自己的聲音同樣顫震起來。

他們這才發覺：不知何時開始，自己的身體竟不由自主地顫抖。那股寒顫來自體內深處，就像脊髓快要結冰一樣。

他們漸漸記起來：這是在生時才嘗過的，已經久違數百年的陌生感覺……

上方傳來一記短促冷笑。

三人同時抬頭。

樹叢高處的枝葉與蔓藤之間，似乎有一具黑影在晃動。

須藤勉強克服那顫抖，猛地拔出水潭躍起，身體再次捲成圓球狀，以厚碩的背項旋轉撞向那黑影。

他撞折了無數樹枝，去勢絲毫未被阻慢——

——一聲被切斷的慘呼。

須藤消失了。像塊石頭丟進海裡。

「發生了……甚麼……」佐久田輕呼，並且迅速從醫生袍口袋掏出一根試管，玻璃裡晃動著約一吋高的深綠色液體。無音斷定那是某種毒液。

上方再次傳來聲音。一種有如濕滑東西互相磨擦的怪聲。

無音聽不出來，但身為吸血鬼的佐久田卻極為熟悉這聲音，臉上露出興奮喜悅。

是從人體吸噬出血液的聲音。

「須藤，你勝了吧？」佐久田拉下先前已經破裂的口罩，咧嘴露出尖長獠牙：「不要吸光啊，留一些給我……」

他得到的回答，是從樹上急墜下來的須藤。

要不是仍穿著學生服，無音和佐久田也不敢斷定就是須藤的身體：原本身材圓鼓鼓的他有如個漏氣扁掉的皮球，胸腹、肩背和臂腿都比原來瘦了一圈，灰白的臉頰凹陷下去，露著不可置信神色的眼球，因此更顯暴突。喉頸與胸口間的衣衫破爛，淌著大片血污。

「這……這是……」佐久田一時驚呆了，幾乎握不穩手上試管。他收斂心神，向上下四方張望戒備，並且把試管的塞子拔開，準備隨時以毒液攻擊敵人。握著試管的手掌抖得比先前更厲害。

無音同樣驚疑不定。她禁不住又瞧瞧須藤。這當然不是她首次看見遭咬噬吸血的屍體。但現在犧牲者本人，卻是吸血鬼。

無音皺眉，對拜諾恩的安危大感擔心。

——是甚麼怪物……

佐久田一面戒備，一面慢慢退卻。連續失去了「偶」和夥伴須藤，他知道自己沒有勝算——正面戰鬥的話，他連對付無音一人也沒把握。

無音雖然無法斷定形勢發生了甚麼變化，但眼前這個「鴆族」使者終究是大敵，絕不可以就這樣放他走。她起步朝佐久田追逼。

佐久田知道這是逃走的最後機會，手臂猛揮，毒液全往無音面前潑灑出去。

無音早已預料對方這一手，軟劍迅疾在身前化成一個高速旋轉的圓盾。毒液還未觸及劍刃，已被那旋捲的風壓吹散出去。

佐久田本來就沒冀求這一擊能奏效，只求能製造逃亡的間隙。他閃身在樹木間穿插而過。

身後傳來一記布帛撕裂的聲音。佐久田衝出數步才回頭，發現一片手掌大的白布，被一柄火焰形狀的飛刀釘在後方樹幹上。

他垂頭摸摸。身上的醫生袍下襬被撕去一塊。

佐久田不敢停步，繼續向前疾跑，不出四步又是另一記撕裂聲音。

他惶急地在樹林間用最高速度穿梭，並且三次突然拐彎轉向。

然而每跑幾步，總有一柄飛刀如電射來，準確無誤地釘住他衣袍一角，每次也因為他的掙扎逃跑而撕掉一片，不一會那件醫生白袍已破碎得七零八落。

——他在玩弄我……

佐久田試圖再提升速度，伸手拍擊旁邊的樹幹，準備借力往橫躍出。

躍不起來。手掌像被甚麼黏在樹幹上。

他看看才發現，另一柄同一式樣的飛刀插入了掌背，把手掌牢牢釘在樹幹上——由於吸血鬼沒有痛覺，他要用眼看才確定發生了甚麼事。

佐久田狠狠地把手掌從刀刃上扯下來。指掌筋骨斷裂，整隻手掌變成一塊軟軟爛肉。

——不可以死在這裡！

——「獵人」！那「獵人」的傳說是真的！

雙腿發狂奔跑。但身體卻沒有前進。

他垂下頭發現：兩邊的股胯、膝蓋和足跟關節筋腱，全部也都釘上了飛刀。

佐久田崩倒了。他咬著泥土，仍然勉力用右手和左肘向前爬行。

赫然出現他眼前的，是一雙殘舊的黑色皮靴。

□

無音輕易就找到佐久田所在：在陰暗森林裡，那片片釘在樹上的白布，就像是沿途指引的標記。

身為密教「斬鬼士」，無音當然不是個膽小的女生。然而眼前的景象仍教她戰慄了一下。

佐久田的身體頭下腳上倒懸在一棵大樹上，後背緊貼樹皮，雙臂往後繞著樹幹反縛。整個胸膛都被剖開，心臟不見了，喉頭有如被放血般被切開，血液沿著樹幹與樹根流淌，把大樹四周泥土染成深褐色。

——這狀態像被屠宰，多於被殺害。

更教無音悸動的，是如惡鬼般站在樹旁的拜諾恩。

拜諾恩那披著黑衣的身影，在樹林暗處猶如沒有重量；散亂的長髮半掩著眼目，從髮隙間隱約可見那彷彿處於瘋狂邊緣的眼神，臉頰上原本垂死的灰敗顏色早已褪去，泛著一種詭異的煞白；薄薄嘴唇半咧著，露出上排兩隻尖銳犬齒，嘴角與下巴滲滿血污。

無音像貓般弓起了背，向拜諾恩作出迎擊態勢。

——是他！沒有別人，沒有人救走他……全都是他幹的！

——他到底變成了甚麼怪物？

拜諾恩舉起反握著十字架匕首的左臂。無音不知道他是否要攻擊，幾乎忍不住要把軟劍揮出去。她雙拳緊緊捏著。

拜諾恩的手臂只是略略停頓，嘴唇展露詭奇的微笑。他繼續舉臂，以衣袖抹拭下巴血漬。

後面遠處的草叢發出了聲音。

無音的手指扣著劍環，隨時就要向那從草叢出現的東西截擊，卻發現來者身體比她預計中小得多。

是隻黑貓。

波波夫迅速跑過來，躍上拜諾恩手腕，沿著手臂爬到他肩膀。

「尼克！」接著出現的是里繪。她把電腦拋到一旁，激動地奔向拜諾恩，卻在半途停步了。

拜諾恩那有如惡鬼的形貌令她震驚，馬上想起那幅拍攝於倫敦地底的照片。

——很像……難道他心裡的魔鬼，已經失控了嗎？

看見拜諾恩平安無恙，里繪本該很高興，但此刻的拜諾恩是如此地難以接近。

拜諾恩看見里繪時表情毫無變化。下巴的血漬還沒擦淨。他一步步往草叢方向走過去。

當拜諾恩步過身前時，里繪和無音都不禁後退一步。她們甚至不能確定，他現在的神智是否清醒。

接著從草叢步出的是宋仁力。他的耳朵已用布巾包紮好，手上橫抱著仍昏迷的妻子。

拜諾恩站住，與宋仁力雙目對視。宋仁力輕輕把妻子放在地上，然後朝拜諾恩伸出戴著鐵甲手套的拳頭，豎起了拇指。

拜諾恩呆視良久，才也慢慢豎起拇指作回應。

「我們都死不了，真好……」宋仁力瞧瞧被釘在樹上那具吸血鬼屍身，皺了皺眉，然後指向後面草叢深處：「裡面還有一個……我不知道她突然發生了甚麼事。那傢伙本來還脅持著貞姬的，但走到這附近時，就突然開始顫抖起來……」

拜諾恩往他所指的方向繼續走去，發現了跪在地上的「黑色皇后」布蘭婕。

布蘭婕雙臂緊抱著肩頭，身體無法停止地抖震。

——為甚麼？為甚麼我會這樣？我從來沒有怕過誰！即使是馮．古淵，還有克魯西奧，甚至是公會長老，我誰都不怕！為甚麼現在……

拜諾恩走到布蘭婕面前，以那雙瘋狂的眼睛俯視她。她仰頭回視，身體抖得更厲害。

拜諾恩伸手撫摸布蘭婕的頭髮，咧開沾血的嘴巴微笑。

「不用怕。」他眼神中的瘋狂之色似乎褪去了一點：「我已經吃飽了。」

第二十八章
蝮蛇

一九四五年　七月二日

柏林

這是歷史上最大的一座廢墟。奧凱洛少校這樣猜想。

——也只有歷史上最大的一場戰爭，才製造得出這樣的情景。

沒有一寸完整的土地。吉普軍車在滿佈瓦礫和坑洞的道路上顛簸而過。上午的陽光並不刺眼，少校卻架著墨鏡，還用布巾包圍著口鼻，為的是抵擋那隨著晨風颺起的陣陣沙塵。

車子經過其中一幢已倒塌的劇院。奧凱洛仔細看那崩壞的歌德式雕刻，心底有一陣微微的痛惜。他很喜歡歐洲。這裡的一切都是如此細緻美麗，還有那深蘊在背後的悠久文化。他往兩旁觀看。即使已變成廢墟，柏林似乎仍然保持著一絲尊嚴。那種沉澱的美，是任何一個美國城市也缺少的。

奧凱洛知道自己將要留在歐洲一段長時間。俄國人已經把布拉格偷偷藏到自己口袋，在德國主權上他們也是寸步不讓；遠東方面，共產黨人同樣野心昭然。一場戰爭結束之前，就必須為下一場戰爭作準備。這是奧凱洛少校身為情報作戰官的使命。

柏林在四月末被史達林捷足先登攻陷了，美、英、法軍要遲至昨天才正式開進來，奧凱洛知道這是上級將領們心中一大遺恨。開局確實有點差勁，可是奧凱洛明白，與蘇俄對抗將是一場漫長的鬥爭。戰略情報處〔註〕的工作已經全面開動。而奧凱洛第一個任務，就是要在柏林建立起情報消息的網絡。

看見這樣廣闊的廢墟，他知道自己的工作將如何艱巨。

「停車。」奧凱洛少校命令，然後與副官及兩個拿著步槍的憲兵步下吉普車。

「少校，最好別走太遠。」司機呼喚。

奧凱洛指一指前面無際的頹垣敗瓦：「你以為在這樣的轟炸下，能有敵人倖存嗎？恐怕連隻老鼠也活不了。即使有這麼大命的德國人，我想不到他有甚麼辦法或理由躲在這裡生活兩個月。」

「可是……」副官插口：「聽說蘇俄方面有支步兵小隊，五月初就在這裡附近失蹤……」

奧凱洛「嗤」地嘲笑如此無稽的情報。一整支小隊失蹤是絕無可能的事，德國人在柏林的最後抵抗早已結束，而剛剛戰勝的俄國士兵也沒必要逃走。奧凱洛是個只相信理性分析的軍人，他斷定：要不是故意謊報，就是以訛傳訛的流言，又或是蘇軍那鬆散的統率力造成誤會。

給部下這麼一說，他反倒有點不服氣。

「你們留在這裡。」說時就踏著瓦堆獨自往前走了好一段。本來他只是想下車伸展一下筋骨而已。

他回頭看看。憲兵與副官其實也不是真的擔心，正在分享著香菸。

奧凱洛少校取下臉上的布巾，也燃點了一根菸。他半蹲坐在一塊麻石上抽菸，放眼觀看白茫茫一片的瓦礫。四周完全死寂。下午就要開始籌劃工作了。現在是難得放鬆的時候。

就在這刻，他好像隱約聽到人聲。他回頭再看。並不似來自他的部下。

那聲音幾乎細不可聞，若非在如此死寂的市街地，奧凱洛根本就不會留意。

註：OSS（Office of Strategic Services），美國在二次大戰時期的情報機關，是中央情報局（CIA）的前身。

他把身體略為前俯，發覺那聲音好像顯得清楚了些。是一把細微的呻吟聲。說著俄語。

奧凱洛對俄語並不算十分精通。但是這聲音重複著的只是一句很簡單的話。

「殺……了我……」

在大白天底下，奧凱洛發現自己頸背的毛髮全都豎直了。他極力保持鎮定，開始後退往軍車的方向。

就在他要轉身時，右足突然踏了一個空。身體連同數十片磚石碎塊，迅速墮進一個像水井的地穴裡。

奧凱洛唯一的反應是以雙臂交叉保護著頭臉。眼前是突然籠罩的黑暗。他感覺身體下跌了大概十多呎才停止。恐懼蓋過了著地和被石塊砸中的痛楚。

他的身體僵硬躺臥了十多秒，腦袋才開始恢復過來。他發現一件神奇的事情：那根燃點了一半的香菸竟然還咬在嘴巴上。那一點紅光雖不足以照亮地底環境，至少也給他心頭一點安慰。

「少校，還好吧？」上面傳來副官緊張的呼叫聲，奧凱洛大大吁了口氣。他在黑暗中嘗試捏一捏雙手，又略抬抬雙腿，知道手腿都沒有大礙，這才回答：「我沒有受傷。快找繩索來！」

接著他試圖站起身。他本想伸手按地，可是這地牢比他想像中狹小，他的左手一揮就碰到了牆壁。

牆壁竟軟綿綿的。還有點溫暖。

奧凱洛不知就裡用力按下去。

牆壁發出一聲痛苦的呻吟。奧凱洛全身都被驚嚇得彈跳了一下。

「殺……我……」同樣的俄語，從那面「牆壁」傳過來。

奧凱洛雙手急忙伸向衣袋，從中拿出軍用的防風打火機，右手則拔出腰間的「柯爾特」手槍。

打火機點亮了。

一名臉容消瘦的蘇俄步兵出現在奧凱洛眼前。步兵的整張臉乾枯而凹陷，軍衣處處污損破爛。一根拇指粗細的鐵條屈曲成「U」字形，把他高舉頭頂的雙腕緊緊挾著，兩端則陷入在牆壁裡，這步兵就這麼樣被吊在牆壁前。

奧凱洛再仔細看，才發現那並非「鐵條」，竟然是一根步槍的槍管。

士兵頸側沾滿大灘血跡，有的已經乾結多時，有的則似乎流出來沒有多久。

奧凱洛感覺自己正身處前所未有的危險中。

而那危險就在前面的黑暗裡——

他同時把手槍與打火機舉向前方。食指毫不猶疑地扣動扳機。

只扣到空氣。

奧凱洛手上只餘打火機。

再過一秒，他才感覺到右手腕骨破裂的劇痛。藉著火光，他看見自己腕上那幾道紫黑色指痕。

奧凱洛咬緊牙關，勉力不讓左手上的打火機跌落。

於是他看見出現在眼前的襲擊者。

納粹軍官的制服。奧凱洛少校本以為以後再也不會看見這套軍服——頂多只會穿著在卑微的投降者身上，而絕不是現在這種情況。

對方身材甚是高壯勻稱，彷彿軍服正是為他而設計的。

那個納粹軍官的頭臉微垂，軍帽的陰影把上半臉完全掩藏，只露出拔挺的鼻尖與形狀優美的薄唇。

他左手微微揚起。「科爾特」手槍早已變成一堆扭曲折斷的零件，散落一地。

「少校，抓住它！我們把你拉上來！」副官的聲音自上方再次響起。

一根粗麻繩拋了下來，剛好懸在奧凱洛少校與那納粹軍官之間，不住在輕輕來回晃動。

薄唇在微笑，但沒有露出牙齒。

奧凱洛卻感覺像看著野獸的嘴巴。

兩人在那繩索兩旁一動不動，沒有說任何話。

凌晨五時三十二分

摩蛾維爾空域

MH-53 直升機機艙內

他把那具特殊的筆記電腦平放在大腿上，雙手十指輕輕掃撫鍵盤，姿勢宛如老僧入定，機艙的顛簸他似乎半點也感受不到。

電腦並沒有任何螢幕，代之是鍵盤下方兩行機動排列的凸字。指頭迅速「閱讀」了一輪後，馬上又再輸入另一重指令。

他在閱讀的是這次任務的情報資料，並同時透過機上的加密通信系統，向指揮部提出疑問。

「此次任務的情報提供者，與我方擁有長久聯絡關係，其可信程度屬『甚高』。此外，大約於一小時零十分鐘前，我方截獲來自當地民間之求救通信，足以提供另一佐證⋯⋯

「⋯⋯茲因事件爆發於本國國土之內，保密尤為首要之原則，外圍封鎖將於 0530 時全部完成。為驗證ＰＲＴ現階段之實效，除緊急撤退之運輸工具外，將不提供任何火力支援。除了發生極端之特殊情況或危險，ＰＲＴ須獨力執行此次任務。」

——這算是哪門子的指揮？

他的不滿並沒有流露出來。事實上那張枯瘦的臉，加上那副塑膠框墨鏡，從來就沒法表現多少表情。

十指按鍵的聲音，被直升機的引擎聲掩蓋了。

「這次任務是否獲得完全授權？」他打字問？

「『將軍』是直接的下令者。」

——他們仍然叫他「將軍」啊。他退伍已經是三十年前的事了。這老傢伙在想些甚麼呢？……

他沒有再問關於任務的具體情狀。反正需要知道的事情都已經知道。而且已無法回頭。不過他相信，只要小組裡這四個小子能夠保持練習時七成的表現，大概已經足以應付。

——大概吧……

他把注意力轉往任務簡報裡提及的那個「情報提供者」。「長久之連絡關係」？有多長久？究竟是甚麼人物？

他再次打字，要求取得相關資料。

指揮部那邊似乎猶疑了好一會，最後才傳來回覆。他掃過那兩行凸字：

「此人為中情局之長期情報提供者，檔案代號『蝮蛇六八』。檔案狀況：不明。」

他知道這句含糊的「檔案狀況：不明」的真正意思：他沒有獲准參看這個級別的機密檔案。自從組成ＰＲＴ之後，這是從未遇過的事情。也就是說關於這個人物的資料保密級別，遠高過以前。

然而從「蝮蛇」這個代號，他已看出一些端倪。

在中情局，這幾乎是最古老的代號之一——甚至似乎在它正式成立以前就開始使用。

「蝮蛇」代表的是「奧德薩」（ODESSA）計畫的成員，亦即納粹德國殘黨。

「奧德薩」是納粹殘黨戰敗後潛逃外國（目的地以南美國家為主）的計劃，早在一九四四年，即德國戰敗前一年已開始著手籌劃。

納粹德國敗象呈露時，美國已經意識到下一個對手就是蘇聯。為了取得德軍多年來刺探蘇聯機密的成果，美國情報官員大力協助「奧德薩」計畫，安排不少納粹戰犯成功偷渡海外。同時美國亦把一批曾替希特勒研製新式武器的德國科學家收歸己用，美國的洲際飛彈與太空火箭技術，很大程度也得力於他們。

——假如這個「情報提供者」真是個「蝮蛇」，他大概與「將軍」的年齡相近啊！

——當然，假設是人類的話……

直昇機早已到達摩蛾維爾附近上空待機，但仍在等待指揮中心的指令。

「全系統作最後一次檢測。」他把電腦收起來，向四名部下命令：「D型裝備。任務級別提升至八。交戰規條為FAO。」

四人原本一直在垂頭整理MP5槍枝，還在輕鬆地說笑，聽到這句話後不禁動容，全部抬頭瞧著他，但都不敢質疑。

他的話再簡單一點就是：**這次不是演習任務，而是實戰。**

第二十九章
演說者

凌晨五時四十五分
摩蛾維爾
棉花田遺址

那道逾十呎高的巨大鐵門，經歷了兩百餘年的風霜，中間的鐵枝近半都已因為鏽蝕而斷折，殘存下來的也都彎曲不堪。鐵門頂上呈半邊朝陽的造型，一根根散射的矛尖看起來卻仍然銳利。

其中一根上插著個新鮮的女人頭顱。長髮沿黝黑臉頰兩邊散下，一雙翻白的眼睛向外暴突。

多梵剛才從遠處看見，幾乎還以為是「黑色皇后」布蘭婕的首級。

他伸出掌背刺滿花紋的手，推開那半掩的鐵門。令人牙酸的聲音，在這黎明前的靜夜裡格外響亮。

多梵帶著六名部下慎重地步入鐵門內。其餘的「動脈暗殺者」已同時包圍莊園四周，並一一從圍牆崩塌的缺口無聲潛入。

偌大的前園早就被高及腰身的野草滿滿佔據，中間夾雜著一種細小的花朵——散發著一股像葡萄般的香氣。

七人走在如海浪起伏的長草之中。六名「暗殺者」垂下手臂，在草間暗暗提著不同武器。強烈花香之中，他們謹慎地防範草叢裡可能暗藏的敵人。

多梵的姿態卻像走在自己家裡一樣。他深信不管馮·古淵作了甚麼準備，又或者加上「血怒風」與「鴆族」派來的援手，面對二十四個「動脈暗殺者」結成的殺陣，他們的勝算都是零。

花園正中央有個荒廢已久的石砌小水池，中間立著一個嬉水男童的等身大銅像，全身滿佈綠鏽。

多梵不用走近已嗅到那股鮮美的血腥味。果然在水池裡，十幾個赤裸的黑人男女凌亂躺臥，屍身被砍得支離破碎，池裡積起了約兩吋高的血水。

多梵細看，每具屍體仍展露出狂喜的興奮笑臉。

——他這種惡趣味還是沒有改變……

那個男孩銅像的懷中「抱」著一條斷臂，臂端的手伸出一根食指，遙遙指向莊園那座兩層高大宅的正門。門隙透出淡淡亮光。

——我就在裡面等著。

這是馮．古淵的信息。

多梵等七人順著食指的方向，繼續步向大宅。典型的法國殖民時代建築，二樓每一面都有陽台與腐朽的木製百葉窗。下層四周圍繞著廊柱和木欄杆。

整座荒廢大屋都被野生植物佔據了，前園的長草早已侵佔到屋內，從每條空隙中憤怒地突出來，每個門窗缺口邊沿也都爬滿蔓藤，並且沿著欄杆樑柱扭結生長，把整座屋的骨架牢牢抓緊，蔓藤之間的墻壁表面則長滿了苔蘚和寄生芽葉。大屋裡外完全包覆在綠色之中，彷彿它本身也變成了有機物。

多梵接近大門時，看見十幾名部下的黑影也已從其他方向潛至大屋外，有幾個一躍而上，無聲無息佔據了陽台與瓦面屋頂的有利位置。他們的行動輕巧猶如蜻蜓。

多梵知道，只要自己一聲命令，以二十四個「暗殺者」結合的破壞力，大概三分鐘內就能夠把整幢大屋拆散夷平。不過多梵實在有點喜歡這座陰森的荒屋。像馮．古淵這等英雄，很適合在這樣的舞台上謝幕。

正面的雕花的大木門亦早已腐壞，手掌推在上面時傳來一種柔軟的觸感。

寬闊的前廊兩旁燃點著疏落的十多根白蠟燭。多梵注意那蠟燭的長度和燭台上累積的燭淚，顯然點上還沒有多久。

他也瞥見，內裡廊道盡頭的前廳裡似乎站著許多人影。多梵身後的六名「暗殺者」全都戒備起來。多梵卻感覺不到那裡有任何活物氣息。

密密立在前廳裡的，原來是一座座聖徒與天使塑像，全都已殘破不堪，不是臉上缺去鼻子耳朵，就是失去一邊臂膀或翅膀，身上原有的彩色顏料也大都剝落。

迪干提男爵在法國家鄉原本是個家道中落的貴族，卻在新大陸的殖民地獲得了翻身機會，憑著棉花田而一夕致富。

為了鞏固自己的地位，迪干提大灑金錢建立政教兩面人脈關係。教會方面，他一手出資並籌劃興建摩蛾維爾的第一所教堂，並且趁著旅遊義大利半島時搜購大批聖像。不料在他回家後不到兩月，就爆發了那場奴隸暴亂，這些聖像就一直擱在這座殘破的凶屋裡……

多梵沒有看那些聖像一眼——在永生不死的他心裡，上帝、天使、聖徒這些都是聽了就要發笑的概念。

前廳上方的蠟燭吊燈同樣點亮了。廳堂中央有兩條彎弧的階梯通向二樓，合抱成一個圓形。

這時他們聽見腳步聲。眾人仰首望向二樓走廊欄杆。

身穿納粹軍服的魯道夫．馮．古淵，出現在二樓的左右階梯頂之間，冷冷俯視多梵。

他手拿著一本書，食指夾在書頁中。

「我沒有猜錯。克魯西奧不在之後，『動脈暗殺團』就由你來指揮。」魯道夫碧藍的眼睛在軍帽陰影底下發亮。「多梵，我們有多久沒見面？讓我想一想……」

「一百五十多年了。」多梵回答。雖然早知道馮・古淵必定在這裡出現，但真正面對他時，還是免不了一陣激動。

其餘十幾名「暗殺者」也一一從上、下層的各個門窗現身。他們雖然都在勉力作出冷漠的表情，可是眼睛裡仍然難以掩藏對馮・古淵那股崇敬。

「只有這麼短嗎？」馮・古淵嘆息：「多梵，你無法明白，這種放逐的歲月是過得多麼艱難……」

「我明白。」多梵揑弄自己的手腕。「放心。放逐到今天結束了。」

他手按著自己的心窩，然後鄭重高聲宣佈：「吾乃理查・賈布爾・托古達・多梵，今以『動脈暗殺團』副團長之名義宣告：吾等將於此地執行『永恆公會』第六二六次最高審判會之一致決議，處決放逐者魯道夫・馮・古淵。願其靈魂於黑暗中安息。」

二十四名「動脈暗殺者」亮起各種兵刃。廳堂裡的空氣彷彿也凝固了。

「布蘭婕呢？」馮・古淵仍然一臉鎮定。「『公會』那些傢伙必定也把她派來了吧？看見外面鐵門上的人頭嗎？我是為了歡迎她才特別插上去的啊，因為覺得長得蠻像她。她在哪裡？」

多梵卻彷彿充耳不聞。「你勾結的那些異族敵人，也跟你在一起吧？把他們交出來。我答應讓你保留完整的屍體。」

「天國之門」請柬的典故來歷，可追溯至一千三百餘年前，在《永恆之書》中也有記載：當時「噬者」氏族裡一個名為鮑爾干的元老，在會議中受到政敵的羞辱而密謀復仇，假借賀壽宴請賓客為掩飾，接引「血怒風」與「鴆族」的殺手進入當時「噬者」的最大根據地帕斯鐵古城，意圖借其力量刺殺仇家。

豈料進城的竟是異族大軍的間諜，當夜就先把鮑爾干誅殺，並且從內破壞古城的防衛，與埋伏城外的主力策應，幾乎一夜之間攻陷帕斯鐵，「噬者」守軍經一輪苦戰才力保城池。

此事件是「噬者」（即「吸血鬼公會」之前身）與兩異族議和多年後首次正面衝突，也成為其後爆發「第三次吸血鬼戰爭」的遠因。

鮑爾干所發出之宴會請柬即「天國之門」——不過當年乃是以一種現今已湮沒的南歐古方言寫成。馮·古淵這次廣發「天國之門」請柬正是根據這個典故。

至於現在請柬上的那滴乾涸血液，則出於馮·古淵個人獨有的異能：他能夠把自己的思維、情緒、記憶或信息的零碎片段，寄存在他流出的鮮血中。這是何以「動脈暗殺團」、兩族使者、拜諾恩、宋仁力夫婦以至那些迷上「天國之門」的惡徒，都能夠在舔過那滴血液後知道摩蛾維爾這個目的地；而普通人類在舔吃它之後會變得瘋狂，是因為無法抵抗上面附帶著馮．古淵的狂暴情緒，那就像一滴墨水落在衛生紙般，在他們的腦內迅速污染擴散。

「天國之門」上的那一小點馮．古淵的血分量甚少又早已乾結，人類舔過後還未至於如接受了「黑色洗禮」馬上就變成吸血鬼，但是所帶來的刺激會令人上癮，而舔的次數越多就越容易神智失控，在服下後放縱忘我地實現平時的強烈慾望——特別是殺戮和支配，因為這些正是吸血鬼的本性，上癮者最容易被引發。

而今晚馮．古淵在摩蛾維爾派發的新一批「天國之門」，又與先前的不一樣，裡面的血滴寄存著不一樣的「信息」，令那些本已經是深度上癮者的人身心都產生變異，成了身體腐壞而帶著吸血慾望的「行屍」——勉強要形容的話是一種「半死人」。能夠透過自己的血液產生出各種不同的操縱人類效果，是馮．古淵的特殊專長。

多梵還在等待馮．古淵的回答。這時馮．古淵後面卻響起一把低沉的聲音。

「你要找我嗎？……」出現的是個身穿著中東傳統衣服的高瘦男人，正是「血怒風」派來的使者卡穆拉。

「很好。」多梵微笑。「『暗殺者』們聽著：此名異族奸細必要活擒，押回『公會』

審問。」

「多梵，你比從前神氣了許多。」馮．古淵冷笑：「是因為有這麼多部下壯膽嗎？」他左右看看。「二十幾個……太好了。比我想像中還要多。想不到他們還是這麼重視我。有多少年沒出動過如此龐大數目的『暗殺者』啊？但這麼一來，多梵你豈非要被布蘭婕比下去嗎？她當年可是獨自一人就把我抓回『公會』啊。」

多梵舉起左手。他知道只要這手掌一揮下去，二十四名「動脈暗殺者」就會像一股黑色風暴，把馮．古淵包圍、吞噬，風暴過後就只留下一具斷頭穿心的屍體。在這座好像隨時都要崩倒的破朽大屋裡，他無處可避。

「多梵，我沒有看錯。」馮．古淵在這種關頭，看起來仍然像滿不在乎。「你是一條狗。」

——太難看了，魯道夫。這種掙扎和謾罵不合乎你的身分啊。從容就戮吧。

多梵已準備把左手揮下。

「你不想知道：我為何明知要被『動脈暗殺團』盯上，也冒險發出『天國之門』嗎？難道在你眼中，我是個愚蠢的人？」

這的確是多梵心裡一個大疑問。可是現在一切已成定局，那答案已經不重要了。

「你還不明白嗎？我就是要邀請你們來啊！」馮．古淵脫下軍帽，露出那頭束著的金色長髮與額上的「鈎十字」記號，眼睛射出懾人光華。

「我就是要見你們——這些吸血鬼世界真正的精英，與我同樣飢渴的兄弟。我要告訴你們一個重大的秘密。」

多梵的手仍凝在半空。他快速地掃視一下部下。有半數因為戴著護目罩而看不見表情，但其餘的或多或少都流露出猶疑眼神。

「一個我在一九九九年冬天的倫敦發現的秘密。」

多梵心頭一震。那正是克魯西奧出事的時間地點。

他的手掌不自覺緩緩垂下。

「這個秘密關乎我們吸血鬼的興衰；也關乎我們能否真正在這個地球上稱霸。」馮．古淵的語氣十分平和，似乎對他來說「稱霸地球」只是理所當然的事情。

「你終於肯說出所有的事情了嗎？」站在馮．古淵身後的卡穆拉說。「我早已等得很不耐煩。快開始吧。我看他們現在全都很願意聽你說故事。」

「首先大家都應該知道，『吸血鬼公會』的存在目的吧？」馮．古淵沒有看卡穆拉一眼，繼續他的演說。

眾人都點頭。他們熟知「吸血鬼公會」的成立宗旨乃是基於《永恆之書》上記載的古代先知訓言，加上歷代許多學者（包括布辛瑪）的研究而訂立。

吸血鬼並非交配繁殖，而是透過感染人類變成；再加上吸血鬼那長久不滅的生命，也就形成一個可以預見的危機：吸血鬼假若毫無節制地不斷製造同伴，則吸血鬼將在極短時間內（因為省卻了繁殖與養育的階段），以幾何級數「侵蝕」人類的人口，導致兩者的食物鏈供求比例失衡——除了人類鮮血以外，吸血鬼不能依賴同類或其他動物的血液維生。

其中許多吸血鬼的學者就預測：一旦這個供求比例傾斜至某一點後，吸血鬼與人類將無可避免地雙雙步向滅亡之路。

「吸血鬼公會」的成立目的，即是為了限制同類的數量與活動，以維持吸血鬼的長久存續——當然他們許多限制手段，表面上都運用了各種古代習俗與先賢教誨作為包裝。

「然而這一千年來世界的變化——我指的是人類世界——已經推翻了這些理論。特別是二十世紀。你們看看人類的人口如何膨漲；而人類這麼喜歡吃牛、豬、雞，還吃了幾千年！這些動物到現在絕種了嗎？沒有！因為人類懂得豢養牠們！

「既然如此，為何我們不可以也豢養人類！他們做得到，我們這些比人類優秀百倍的精英為何做不到？為何我們要忍受活在陰影中？**我們本來就應該是這個地球真正的主人！**」

眾吸血鬼無不動容——包括了多梵。對於格外著重榮譽感的「動脈暗殺者」而言，要生活在人類陰影底下確是一種恥辱。他們全都暗自想過這個問題。

「『公會』那些仍然死抱著古老教條的傢伙，是讓出權力的時候了！而且沒有比這個時代更加迫切。你們看看現代人類，他們已經發展出足以令整個地球化為灰燼的力量。我們與其等待被捲進他們的自我毀滅裡，不如趁早把權力奪取過來！」

馮．古淵的演說明顯奏效。一個個「暗殺者」們，不自覺把兵器垂了下來，臉上也不再掩飾對馮．古淵的仰慕佩服。

「的確很教人興奮。」卡穆拉的語氣跟「興奮」沾不上一點邊：「好了。我們都知道『為甚麼要做』了。那麼請你告訴我們『怎麼做』吧——以這樣一支『暗殺團』，即使加上我族與『鴆族』的支援合作，我看不見有甚麼把握能夠推翻『噬者』。」「血怒風」並不承認「吸血鬼公會」的權力，因此卡穆拉仍然以舊名字「噬者」稱呼對方。

「『公會』的權力基石，誰都知道就是『默菲斯丹』。」馮．古淵不理會他的嘲諷繼續說。

聽到「默菲斯丹」這名字，「暗殺者」們紛紛皺眉。他們既是「公會」裡的精英，全都讀過《永恆之書》的原始古本，上面有記載關於「默菲斯丹」令人心悸的事蹟。

「默菲斯丹」這名字出於古語，意為「活死人的殺戮者」——「活死人」就是吸血鬼。

「默菲斯丹」動作之迅速，絕大部分吸血鬼亦不如，而且其全身能生長出鋒銳骨刃作為武器；更可怕是「默菲斯丹」的血液，對吸血鬼來說就是劇毒，能夠破壞吸血鬼的機能，分量大時甚至能令吸血鬼的身體溶化。

千多年前最後一次「吸血鬼戰爭」裡，「噬者」掌握了這個秘密武器才得以扭轉敗局，一舉擊敗「血怒風」和「鴆族」樹立霸權；但後來也因為「默菲斯丹」瘋狂失控而造成一場巨大災難，至結束時吸血鬼人口只餘下三分之一。

「以我所知，製造『默菲斯丹』的『種』，被嚴密封藏在『公會』的古殿深處，歷來只有一個被偷取帶到外面。那個小偷，你們大概都認識。」

「是布辛瑪先生。」多梵的聲音顯得乾澀。

馮．古淵點頭：「而他所製造的『默菲斯丹』，就是著名的『開膛手傑克』。」接著他描述了「公會」如何於一九九九年發現「傑克」的存在，並派出兩大最強的「動脈暗殺者」——克魯西奧與千葉虎之介前往收拾局面。

「他們都死在『默菲斯丹』手上嗎？」其中一名握著鋸狀兵刃的「暗殺者」，忍不住掀起頭罩發問。其他同袍馬上把目光集中在他身上，令他垂頭後退了一步。身為處刑部隊的一員卻與叛徒交談，本已嚴重干犯紀律，而所談論的更是關於「公會」統治的最高機密「默菲斯丹」，這個「暗殺者」已經違反重要禁忌了。

其實在場每一名吸血鬼戰士像他一樣，皆想知道那次倫敦事件的真相：具有侵佔他人身體能力的克魯西奧，還有暗殺團內公認的「首席劍豪」千葉虎之介，在他們眼中是不可能失敗的強者。假如他們力拚「默菲斯丹」而落得同歸於盡，那至少可以保存「動脈暗殺者」的榮譽。

「不。」馮．古淵搖搖頭：「克魯西奧和千葉，甚至是那隻『默菲斯丹』，全都死在一名獨行獵人之手。」

眾人哄動。其中夾雜著一些嗤笑聲。大半的人不願置信，失笑搖頭。

「你們別笑，我還沒說完：這是一個很特別的獵人──一個『達姆拜爾』。我們與人類的私生子。」

笑聲頓時靜下來。

「荒謬！」多梵大叫。「世上根本沒有所謂『達姆拜爾』！不可能有！那個傳說是假的！」

「相信我。」馮．古淵指向自己心窩：「第一個發現他的就是我──當時我也差點被他的刀貫穿心臟，花了整整半年才能夠完全復原。」

「那又如何？」多梵冷笑。「即使他有多麼強的戰鬥力，能夠敵得過我們現在這裡所有人嗎？能夠與整個『公會』為敵嗎？」

「他的戰鬥力並非最令我注意的事情。更驚人的是他的肉體。當時我用望遠鏡親眼看見了，他如何戰勝克魯西奧。」

當下馮．古淵描述，克魯西奧如何用計入侵到拜諾恩肚裡，已經勝券在之際，拜諾恩如何以一截「默菲斯丹」的骨刃自刺腹部。

「殘留在骨頭上的『默菲斯丹之血』，把克魯西奧溶化了；然而擁有吸血鬼血統的這個『達姆拜爾』，卻安然克服了它！

「也就是說：『達姆拜爾』擁有與我們相等或更強的戰鬥力，而他面對『默菲斯丹』卻完全沒有我們的弱點！他將成為我們推翻『吸血鬼公會』的最貴重兵器！」

馮．古淵揮舞著拳頭，站在欄杆前那演說姿態，不自覺在模仿五十多年前那個狂熱的「元首」：「就是因為掌握了這新兵器，我才發出『天國之門』！」他看看身後的卡穆拉：「那封請柬固然是為了邀請『血怒風』和『鴆族』與我結盟；但更重要的是邀請你們——你們這些與我親如兄弟的真正戰士！我要跟你們一起創造歷史！成為這個地球真正的主宰！共同分享一場延續千萬年的盛宴！」

馮．古淵一雙碧藍眼睛直朝前方，視線彷彿穿越了荒宅的牆垣。

「我親眼見過無數帝國的興衰起落。」八百年來的記憶迅速在他腦海流過：蒙古鐵蹄萬馬奔馳捲起的沙暴；西班牙無敵船艦巨砲齊發的燦爛火光；印度罌粟田漫山遍野的妖異香味；納粹黨大會如海的血紅旗旗；「B-52」轟炸機在頭上呼嘯而過的聲音……

「無數霸者都一一失敗倒下。當然也有少數幾個畢生都沐浴在光榮與權力之中。但那又如何？他們死去後，軟弱的繼承者總是以驚人的速度衰敗崩潰，令霸者生前的一切都變成夢幻泡影。

「但是我們不同！面對凡人，我們是必然的勝利者！時間永遠站在我們這邊。我們建立的一切，將如同我們的身體一樣，永遠不會腐朽衰頹！」

馮・古淵的聲音在靜默的廳堂裡迴盪。眾「暗殺者」仍然在疑惑：他的話值得相信嗎？要把自己寶貴的永恆生命押在他身上嗎？然而他所說的，卻是個多麼美麗、令人無法拒絕的應許啊……

「我還是不明白。」剛才那握著鋸刃的「暗殺者」再次發問：「即使這個『達姆拜爾』一如你所說厲害又如何？他現在在那哪裡？你能夠控制他嗎？」

「他正身在摩蛾維爾。」馮・古淵自信地說：「『天國之門』邀請的賓客，當然也包括『達姆拜爾』。本來他已落入我掌握之中，可是剛才……」他與卡穆拉對視一眼。「出了點小意外。但我保證他逃不了。」

多梵的表情有點矛盾：剛剛成為「動脈暗殺團」的實際指揮者，他怎肯輕易把權力交給眼前這個叛徒？可是馮・古淵的說話他大部分都信服──對於千禧年倫敦事件的詳情，他比其他「暗殺者」知道得更多，而其中詳情與馮・古淵所描述的完全吻合。

「得到這個『達姆拜爾』又如何？」多梵的語氣顯得很謹慎。「正如我剛才說，他一人敵得過我們嗎?『公會』要是遇上統治危機，必定將使用『默菲斯丹』——不是一個，而是製造數十個，甚至數百個!他能夠應付多少?」

「多梵啊，這百多年來你都活在山洞裡嗎?」馮．古淵得意地笑著說:「你連外面的世界變成怎樣也不知道。」他從軍服胸前的口袋掏出一個透明的塑膠試管，裡面盛著濃稠的深紅色液體。

「只要擁有他一滴鮮血、一根頭髮、一個細胞就足夠了。不出二十年，我們就能夠擁有一支『達姆拜爾』軍隊!」二十年對於吸血鬼而言是很短的時間。

「是複製(cloning)嗎?……」多梵的聲音有點乾啞:「你有把握成功嗎?」

「『達姆拜爾』也不過是遺傳因子的產物而已。在基因工程學裡，那只是另一組數字。」

「可是我們在說的是人體複製啊!你擁有這樣的資源嗎?」

「我沒有。」馮．古淵把膠試管收回口袋:「可是我的夥伴有——任何尖端科技，包括還沒有公開的，他都有辦法取得。資金的運用也幾乎沒有任何限制。」

「是人類吧?」多梵露出懷疑的眼神。「政府的人嗎?」

馮．古淵沒有回答。他瞧瞧四周的「暗殺者」。剛才已經對他表示信服的他們，果然因此再次流露懷疑神色。

與「血怒風」和「熄族」結盟，他們還可以接受，畢竟對方仍然是同類；但是要和人類的權力組織合作嗎？這似乎越過了他們的底線。

氣氛僵住了。「暗殺者」把目光再度投向指揮官身上。「背叛」是一條越過了即不可回頭的界線。他們也不可能表決。要嘛就一起成為革命者，要嘛把馮．古淵就地處決。

雖然他們並非每個都真心信服多梵，但是在這猶疑不定的時刻，就需要單一的領袖做決定，「動脈暗殺團」到底要傾向哪一方。

多梵此刻發現自己是如何重要。對於這一點，他感到既不安又興奮。這是他一直夢想的東西：身為高階的「動脈暗殺者」，他卻從來沒有機會參予任何重大戰役，在「公會」裡得不到應有的重視。到接下處決馮．古淵的任務時，他感覺到終於有機會踏進吸血鬼的歷史。

然而現在的他，卻有能力左右更偉大的東西。

多梵想像：要是在此完成處決任務，回去後會得到甚麼？也不過是幾句讚賞，頂多正式晉升為團長。要是跟隨馮．古淵呢？那不僅是參予歷史，而是創造歷史啊——當然這條路要比前者凶險百倍……

「我認為……」多梵清了清喉嚨：「關於與人類合作這件事，也許……怎麼說呢……歷史上任何的鬥爭，總有需要權宜妥協的時候……」

馮・古淵微笑。他早已預料多梵會這麼決定。

——這個好大喜功的傢伙，那性格百多年來也沒怎麼改變過。

多梵頓了一頓又繼續說：「只要我們最終的原則不變，為了同類的存續和壯大……」

一陣突然而來的冷笑，打斷了多梵的說話。

笑聲彷彿令前廳裡的空氣為之凝冷。即使在場的都是自豪的戰士，但正在共商叛變之時突然發現被偷聽，難免有點心虛。

多梵、馮・古淵、卡穆拉和所有「暗殺者」，都愕然地瞧向笑聲來處。

發出笑聲的，是放在多梵身旁一具天使塑像。

第三十章
天敵

天使的臉崩缺損毀，在燭光映照下顯得陰森。那張漆色剝落的嘴巴，當然沒有因為發笑而動過半分。

馮·古淵在瞬間已經猜出來，發笑的人是誰。

能夠隱藏氣息而瞞過這裡眾多吸血鬼戰士，躲藏在廳裡這麼久都不被發現的，世上只有一人。

一百五十年前，馮·古淵已嚐過這種招數一次。那是他漫長的生命裡少數幾次失敗之一。

多梵在決定向馮·古淵投誠那一刻，因為專注於對部下們小心發言，因此稍稍放鬆戒備。那把冷笑聲突然近在他身旁不足半呎處發出，就像一把冰錐刺從左耳。一時沒能做出準確的應對，只有本能地交叉雙臂保護著頭臉。

多梵穿著「暗殺團」的專用戰鬥服，雙臂從肩到腕都鑲著烏黑色的不碎纖維甲片，兼具防彈、防切割與吸收衝擊力的功能。

但他這舉臂的動作，卻露出了腋下沒有甲片的虛位——

那具天使像胸部轟然破碎，木屑紛飛。

多梵下一步正要跳躍避開——

馮·古淵伸手到腰間摸到軍刀柄——

眾「暗殺者」舉起兵刃趕過來——

——他們全都太遲。

多梵並沒感到痛楚。吸血鬼是沒有痛覺的。他只是感覺到身體中央像被掏空了。

心臟被利刃搗碎。

多梵全身軟癱。他垂下頭，看見那條從雕像破口伸出的手臂，肘部以下沒入了自己的腋窩。

手臂帶著血泉拔離傷口，多梵的身體馬上失去支撐而崩倒。那隻血淋淋的手臂握成拳頭，三條指縫間各夾著一柄彎弧短刃。

「暗殺者」們都認出這兵器屬於誰。

馮·古淵瞧著倒地的多梵，咬牙切齒地拍擊面前欄杆。本已腐朽的木欄應聲崩碎。

那具中空的天使雕像發出另一記笑聲，隨即四分五裂，碎片撒落一地。

藏身內裡的「動脈暗殺者」戴著頭罩與護目鏡，黑色戰鬥服上沾滿塵屑。她收回其中兩柄短刃，只把一柄反握在左掌，右手扠著線條優美的腰肢，仰頭與馮·古淵對視。

「又是妳……」馮·古淵的表情雖仍在笑，但誰都看得出他壓抑的暴怒。「很好。我本來就在等妳來。」

「黑色皇后」布蘭婕取下鏡片和頭罩，揮一揮滿頭的串珠長髮，大力呼了口氣：「呼，我在裡面憋了許久啦！魯道夫，又見面了。懷念我嗎？讓你想起那次不愉快的事嗎？」

「妳這『公會』的鷹犬……」馮·古淵指指地上多梵的屍身。「妳從來就只有一種專長：對付自己的同胞。」這句話是說給四周的「動脈暗殺者」聽的。布蘭婕本來在「暗殺團」裡就不受歡迎，除了因為她常替長老幹政治暗殺的工作，也不只一次私鬥殺傷同類，到現在還是帶罪之身。

此外還有一個更重大的原因，是她的出身：她本來就不是「噬者」的同胞。

「布蘭婕，記得我嗎？」站在馮·古淵身後的卡穆拉，從到達摩蛾維爾至今一直都是冷冰冰木無表情，此刻看見布蘭婕才第一次露出情緒。

那是一副帶著狂烈憎恨的笑容，一雙大眼睛瞪得像要跌出來。幾十隻蚊子在他那頭髒亂的鬈髮上方繞飛。

「當然認得。」布蘭婕以一種奇怪的語言回答——那是非洲中部一個已消失部落的古代方言：「你的身體還是這麼臭，我遠遠就嗅到啦。」

她懂得這種方言，因為她本來就是「血怒風」的戰士。因為與本族的領導者不和，並且厭倦了長年要躲避「噬者」追殺的生活，她在三百多年前投奔了「吸血鬼公會」，還帶同了幾顆「血怒風」重臣的頭顱作為見面禮。

卡穆拉沒再與她對答，只是瞧向馮．古淵：「魯道夫，該履行你的承諾了吧。」

馮．古淵點點頭。「血怒風」使者提出的結盟條件之一，正是要拿下「黑色皇后」的首級。

馮．古淵朝「動脈暗殺團」揮揮手：「你們還在猶疑甚麼？為了替多梵復仇，把這個背叛我族裔的女人處決吧！」

布蘭婕哈哈大笑，環視四周的「暗殺者」，眼神仍鎮定自若：「『背叛』這個字竟然從你口中說出來……你們想知道一百五十年前，我是如何找到機會生擒他的嗎？因為他看上了我。他要我跟隨他。多麼可笑啊！結果他還不是敗在我手下？對，我是用了暗算手段。那又有甚麼分別？結果證明我比他強！他落到我手裡之後，還在試圖說服我！真好笑，哈哈……」

馮．古淵此刻比多梵被殺時更要憤怒了。在「暗殺團」面前被她如此低貶極為不利，他知道必須馬上轉換話題：「布蘭婕，我真不明白，為甚麼妳如此死心塌地要為『公會』那些保守的傢伙做事？難道妳承認他們是強者嗎？那些甘心活在人類陰影下的可憐蟲？」

他再次指向多梵：「妳對他們的忠誠，為何比對我們這些跟你同屬戰士的夥伴還要多？」

馮・古淵瞥見有好幾個「暗殺者」應聲點頭。他的話明顯把形勢扭轉了過來。

「你錯了。」布蘭婕的回答令馮・古淵意外。更意外的是她在說話時，面容突然變得恭謹嚴肅：「我已經決定拋棄『公會』。」

「哦？」馮・古淵有點喜出望外，心裡開始盤算有沒辦法說服卡穆拉改變主意。畢竟像布蘭婕這樣厲害的戰士是很重大的資產。

——雖然失去了多梵，但如果能換回來一個「黑色皇后」……

布蘭婕接著卻說：「因為我已經找到一個比我強的人。我的新主人。」

馮・古淵感到不妙。當布蘭婕說到「主人」時，甚至露出了虔誠的表情。那是誰？能夠令布蘭婕在強敵包圍裡仍如此從容不迫？令乖戾瘋狂的「黑色皇后」也甘心臣服？

布蘭婕彷彿看穿馮・古淵心中疑問：「你也認識他的。」她的臉忽然顫抖了一下，然後歡喜地微笑：「他來了。難道你們感覺不出嗎？」

馮・古淵聽到一陣金屬碰擊聲。是從站在二樓走廊其中一名「暗殺者」發出的。他握著一根六角柱狀的黑色鐵棒，前端穿著一列六個杯口大小的鐵環。

鐵棒與鐵環在不停碰擊發響。因為他握棒的手在顫抖。

他整個人都在顫抖。

他身旁的同伴也在顫抖。

不只如此，所有「動脈暗殺者」——包括布蘭婕，還有「血怒風」的使者卡穆拉都在顫抖。

馮·古淵這才發現：自己原本緊咬的牙齒，也發出微微的碰擊聲。

——連我也……怎麼會……

「你現在明白了吧？」布蘭婕的聲音在顫震：「明白我剛才第一次遇見他時的心情了吧？」

「為甚麼……」馮·古淵想說話，卻發覺自己的聲音同樣帶著顫抖。他不欲在人前示弱，沒有再說下去。

「你大概沒有到過非洲草原吧？但至少也應該看過電視紀錄片啊……」布蘭婕說：「野生動物遇上老虎或獵豹接近時就是這樣驚慌……那是一樣的……**在他眼中，我們都只是獵物！**」

聽到「獵物」這個詞時，馮·古淵聯想到一個人。他眼睛瞪大。

——不可能……

上方發出轟然響聲。馮·古淵馬上拔出軍刀，他身後的卡穆拉也從衣袍底下拿出一個邊緣鋒銳的古怪圓輪。眾「暗殺者」亦一一舉起武器，朝上準備迎擊。

屋頂破開一個大洞。兩個人從洞口跌下來，重重摔在廳堂兩邊階梯間的地板。摔在地上那兩人一動不動。一個穿著日本學生服，一個身上是破爛染血的醫生袍。兩具屍體的血液流失大半。

馮．古淵驚愕無比。他認出死者是誰。許久以前他遠赴亞洲，就曾經見過這兩名「鴆族」戰士。

緊接著從屋頂洞口降下一條人影。

飄飛的黑色大衣。

尼古拉斯．拜諾恩猶如無重量的幽靈，降落在布蘭婕身旁。「黑色皇后」馬上半跪俯首。他輕輕把手掌按在她的頭頂上。

這一幕對魯道夫、馮．古淵而言是絕大的衝擊：這種崇拜與敬畏，原本就是他幾百年來所渴想的。但現在接受它的，竟然不是身為吸血鬼精英的自己。

「『達姆拜爾』！」卡穆拉切齒說。

「暗殺者」們聽到這一句都悚然：眼前的敵人，正是傳說中的「達姆拜爾」。

——而更令他們錯愕的是：他們清楚感覺得到，帶來那股不由自主顫抖的源頭，顯然亦正是他。

對於馮．古淵剛才描述拜諾恩誅殺「默菲斯丹」的經過，他們本來還有些半信半疑；

但此刻他們親身感受到，這個古老傳說裡的「最強吸血鬼獵人」所散發的巨大壓迫感。

「又見面了。」拜諾恩右手握著鈎鐮刀，左手掀起大衣後部，朝馮・古淵展示那兩道劃開的破口。「我有些東西要還給你。」

二十四名「動脈暗殺者」都欲聚攏向拜諾恩。他們深信，世上沒有任何人能夠承受這個規模的合擊。

布蘭婕仍然半跪著，從齒縫間發出低嘶，彎刃舉到眉間。

拜諾恩輕輕掃一掃她的頭髮，她馬上又如被馴服的野獸般低頭。

拜諾恩的長髮彷彿飄飛起來。一雙凶光放射的眼睛向四周的「暗殺者」掃視。

四十八條腿立時像被釘死在地上。

只有卡穆拉仍不信服。他親自與馮・古淵輕易制服過拜諾恩，而那不過是個多小時前發生的事情。

他以土語呼喝了一聲，身體從二樓飛躍而下，朝著拜諾恩撲擊。

長距主動攻擊一向是卡穆拉的拿手絕技。由於他手足異常地長，很容易令對方錯估他的攻擊可及距離。

可是當他揮臂準備以刀環削擊時，才發現連平時六成的力量和速度都發揮不出來。

——是因為那顫震的影響！

當他知道事實時已然太遲。

拜諾恩往上迎擊的詭速，比卡穆拉往下撲還要迅猛。他帶著鈎鐮刀在空中貼著卡穆拉繞了一圈，鋒刃自卡穆拉左腰切入，橫削至右腰，再沿背項斜上切砍，一直帶到左肩頸，迴轉至咽喉和右頸。

「嗖」地一聲，卡穆拉的頭顱與頸項就分離了。首級帶著血尾巴掉到地上，那雙比鴿蛋還要大的眼球往上翻白。

「動脈暗殺團」眾人，因目睹這一幕戰慄得更厲害。

——這根本就不是戰鬥，而是單方面屠戮。

拜諾恩順著剛才飛躍之勢登上走廊，站在馮．古淵身前不足六呎。他笑著舉起鈎鐮刀，伸出舌頭舔舔刃上血漬。

「怎樣？」拜諾恩的眼睛直視馮．古淵，舐著血說：「從捕獵者變成獵物，這滋味怎麼樣？現在你體會得到，過去被你吸血的受害者有多恐懼了吧？」

馮．古淵拋去手裡的《永恆之書》，握著腰間刀柄，卻良久也無法拔出。他強自壓抑雙手的顫震，可是越用力那顫抖反而越頻密。

他懊悔無比。在沼澤時為甚麼不一擊就殺掉拜諾恩呢？而他始終想不透，拜諾恩何以在短時間內發生了如此驚人的變化？

他看著拜諾恩舔卡穆拉的鮮血，那顯然並不是為了好玩，而是真的在享受那種味道。還有下面那兩個「鴆族」使者失血的屍體……

——**他在吃吸血鬼的血！**

「你在沼澤時不是說過食物鏈的嗎？」拜諾恩以嘲弄語氣說：「**看來你們現在不再站在最高級的位置了。**」

拜諾恩如把弄玩具般，輕輕旋轉揮舞著鉤鐮刀。「來吧。是結束一切的時候了。」他一步一步朝馮．古淵走過去。

馮．古淵看看「動脈暗殺團」的成員，他們一個個在哆嗦。假如所有人一湧而上的話，也許還有勝算。但現在他們正經歷著前所未有的恐懼。狼群變成了羊群。不可能再依靠他們。

——不可以讓八百年的野望就此化為泡影！我不要死在這裡！

「等一下！」馮．古淵的神情從未如此敗喪，他伸出手止住拜諾恩的接近：「你忘了你心愛的女人嗎？慧娜．羅素啊！她還沒有死！」

拜諾恩止步垂下鉤鐮刀。他收起了笑容。

「對！她還活著！那個布包的頭顱是假的！」馮．古淵揮著雙手說：「我們作個交易吧！你放了我，我就把慧娜還給你！怎麼樣？你不是為了她才踏上獵人之路的嗎？失去了她，你就是把我殺死一萬次，又有甚麼意義？」

馮·古淵說著時一直在慢慢後退。他看見拜諾恩那遲疑的眼神。假如他不相信我怎麼辦？馮·古淵如此思考。不能再給拜諾恩更多時間去想……

當馮·古淵退到認為安全的距離時，他全身毛孔忽然都冒出白色蒸氣——在首次與拜諾恩戰鬥的最後，他也曾使用這招數逃遁。

藉著煙霧的掩飾，馮·古淵迅速朝二樓後面深處走廊逃跑。

拜諾恩醒覺，全速向馮·古淵追擊。

雖然失去了戰鬥力，但那股被獵的恐懼，卻激發馮·古淵逃得更快——就像被猛獸追捕的羚羊一樣。

拜諾恩追擊的速度也同樣加快。

因為他心中念著一個最重要的人。

那股希望之火，又再在拜諾恩心裡重新點燃了。

馮·古淵右拐轉入一個睡房。不用回頭，他已感覺到拜諾恩把距離拉近。

房間那洞開的窗戶已近在眼前，但他恐怕已經來不及脫出。

——必須把拜諾恩拖延下來！

馮·古淵進入這房間，並不是偶然或胡亂挑選，而是因為他早已經使用過這裡。

窗戶旁有一個尚算完好的衣櫥，木門緊閉著。

馮．古淵改變方向，不直奔向窗戶，反而躍到衣櫥前。

拜諾恩已到達馮．古淵背後五呎。他舉起鈎鐮刀，拉弓準備砍斬的。

馮．古淵仍然沒有回頭。他雙手插破了衣櫥雙門，兩臂往外張開，把整個衣櫥解體。

裡面藏著一個人。

鈎鐮刀朝馮．古淵背項砍下去。

馮．古淵抓著衣櫥裡收藏的那人，旋身將她擋在自己與刀鋒之間。

刀鋒在碰觸那人半吋前硬生生停住，拜諾恩的手如石雕般凝止。

一個身體嬌小纖巧的女人，棕髮凌亂，穿著污穢的白色汗衫。如陷在睡眠裡的臉煞白得有點不自然，雙目緊緊閉著。

鈎鐮刀隨著拜諾恩的嘆息聲跌落在地。

穿著納粹軍服的身影，瞬間穿越了窗戶。

拜諾恩抱著慧娜倒下的身體。皮膚異常地冰冷。

——終於可以再次抱著妳。

——上次擁抱是甚麼時候？幾年前那一夜。我決定要成為吸血鬼獵人的時候。

——這段日子好漫長。

——那一夜我說過：「等待我。」

——現在我們終於再在一起了。

拜諾恩俯前，把臉頰緊貼在她耳朵上。許多年了，她的身體仍是如此柔軟。

可是這股冰冷……

慧娜的身體開始動了。

不對，那並不是移動。

而是顫震。

拜諾恩的心瞬間凍結。

慧娜同時張開眼睛和嘴巴。上排兩隻尖銳的犬齒從唇間露出。

她那美麗的嘴唇沉在拜諾恩頸側。就像她過去激情時親吻他的頸項一樣。

第三十一章
獵人的告別

當馮・古淵雙足踏落在屋外草地時，他馬上就聽見從遠處傳來的機器破風聲。

——太好了！

他仰著頭看，同時全速奔向大宅前院。MH-53 直升機在天空中漸漸變大。馮・古淵往它招手，忘了以自己現在奔跑的速度，機上的人類根本不可能看得見他。

直至走到花園的中央他才想起這點，把奔跑放慢下來。亮著燈光的直升機更加接近，顯然要在花園的空曠處降落。

就在放慢腳步那一刻，馮・古淵才發覺長草之間好像有東西正快速游移向自己。

——像潛行草間的毒蛇。

他硬生生拔地跳起，但「毒蛇」已然纏住了他左腿。

馮・古淵的左腿瞬間齊膝斷掉。

——太大意了！以為擺脫了「達姆拜爾」就安全！忘了還有「她」！

「毒蛇」繼續如影隨形，追蹤帶血著地的馮・古淵。

馮・古淵拔出軍刀抵擋襲來的軟劍。即使沒有了面對「達姆拜爾」時那股顫抖，他揮刀的動作也比往昔遲緩了許多。失去一腿還不是最大的影響，而是經過這一夜的重大挫折，他已經不是從前那個充滿自信與野心的魯道夫・馮・古淵了。

只抵擋了三劍，他的軍刀就被彈震得脫手飛去。泛著藍光的軟劍在他腰間繞纏了一圈。

馮・古淵伸手想把軟劍解去，情急下又被鋒刃削去兩根指頭。八百年以來他從未如此狼狽，現在他對戰鬥的判斷竟比自己仍是凡人時還不如。

十六夜無音從長草底下站起來，右手食指扣著軟劍末端圓環，左手則伸直成手印舉在眉間。

她在腦裡默唸著超度經文，盯視馮・古淵的眼睛燃燒著復仇的怒火。

無音美妙地旋轉了一圈，乘勢拉扯軟劍。

馮・古淵的身體攔腰斷為兩截。

無音木然收回軟劍，劍身即像有靈性般自動收捲在她左前臂上。她一邊向前繼續接近，一邊從背後解下師兄空月那柄生鏽佩刀。

——只要用它貫穿馮・古淵的心臟，事情就完成了。

直升機帶著一股烈風翩然降落，距離馮・古淵的上半截身體只有不足二十呎。馮・古淵雖然失去下半身，可是吸血鬼強韌的「黑暗生命」不能用這方法殺死——只有搗心斬首才能把他徹底殲滅。此刻他以手代足，像一條蟲般不停爬向直升機。

——不可以死在這裡……還差一點點……

同時五人從直升機跳下來，其中四個都握著 MP5A4 輕機槍。對「斬鬼士」而言，凡人的士兵可視如無物。無音繼續向前走過去。

她卻發現五名軍人下機後佈出了一個甚為奇怪的陣式：唯一沒有拿槍的一人站在中央，另外四人則分別守在他四角，而且全部面朝向外，那布置像是四名士兵保護著中央那人。

更古怪的是五人裝備：中央那個看來瘦弱不堪的男人，頭上穿戴著一具直蓋至鼻梁的碩大金屬頭盔，看來甚為沉重，他那纖細的頸項似乎承受得很勉強。頭盔眼部位置完全密封，沒有任何可供向外觀看的鏡片或開口，各部分構造很複雜，似乎是半完成品，許多細細的線路仍然外露。

四名槍手的眼睛則各自戴著一副同樣複雜、有點像夜視鏡的不明儀器，其右側各伸出一條長長纜線，終端另一頭接續在中央那個男人的頭盔上。若從空中看下去，四條纜線構成一個「X」字，而那男人正是中央的連接點。

他們保持這個陣形，以非常一致的步伐向前移動。

——一致得就像同步的機器人。

「那些奇怪的裝備，不像是普通部隊啊……」待在庭園較遠處的里繪一手抱著波波夫，另一邊牽著文貞姬的手。

宋仁力點頭，拔出左輪手槍。由於恐怕里繪有危險，加上妻子還沒有完全恢復，他並沒加入戰圈，留在這裡守護她倆。

馮・古淵雙手發出求生的驚人力量，猛力地撥著野草與泥土，迅速爬到那部隊成員之間。他仰頭朝著中央的男人艱辛地吐出了一個詞：

「蝮蛇……」

男人點點頭，揮手指向身後的直升機。

無音看出他們明顯早已約定。她加速衝過去。

——不可以讓他跑掉！

——也許今次要殺人了。這是他們與邪惡的吸血鬼勾結的業報嗎？……

為了避過對方槍口，無音默唸真言，胸腹間一陣震響，身體機能瞬間提升，移動速度超過了肉眼所能捕捉的限界——

她卻在剎那間突然煞止。那是密教修行者對危險的預感知覺——

三發九毫米彈頭掠過她原應到達的位置，其中一顆擦傷了她的左上臂。

開槍的是站在左前方的特種兵。手上平舉的輕機槍穩定得紋絲不動。

——不可能！那個槍手除非也是吸血鬼，否則他的眼睛怎可能準確看到我的動向？

無音改變方向，欲斜向繞到敵人側面。這次她的速度再提升，遠處的里繪看過去，只能見到一道虛影橫掠。

這次是左前方及左後方兩名士兵交叉開火。兩人完全同一時間扣扳機，彷彿心靈相通——或者更貼切說，好像兩人共用著一顆腦袋。

無音大腿中彈，身體倒在草叢中翻滾幾圈。她咬著牙集中心神，把身體機能逆轉，減慢血液流動的速度。

——我怎麼會敗在凡人的槍砲上……

第二次被射擊時她看清了：對方的槍口並不是跟隨著她，而是預早對準了她將要到達的方位，並在最準確時間開火。

——他們能夠預測我的動作！

無音半跪在草間，瞧向敵陣中央那個戴著古怪頭盔的男人。她斷定了，這男人才是這支戰鬥小隊的靈魂所在。

——但是戴著那玩意，他的眼睛根本看不見啊，怎麼可能……

——難道他本來就不用「看」？

對方並沒有再繼續射擊，顯然並非要取無音的性命。

馮・古淵趁這個空隙已經登上MH-53的機艙。他的半個身軀躺在甲板上，胸部起伏地大笑。

——得救了！得救了！

那支五人部隊開始緩緩往後退卻。

遠處的宋仁力從腰間口袋掏出一個瞄準鏡，迅速安裝在左輪手槍頂部。他把槍交到穿戴著鐵甲手套的左手上。

那隻手套的內側經過他特別設計，握合的形狀剛好與槍柄配合得沒有一絲空隙，能夠把槍支穩定鎖緊。宋仁力閉起一邊眼睛。瞄準鏡的十字，對準了機艙裡馮・古淵的額頭。

猛烈的爆擊聲。左輪手槍被一顆子彈準確擊中，打飛到十幾呎之外。

宋仁力兀自舉著空空的手掌。額頭滲出冷汗。

「是讀心術。」他身邊的文貞姬喃喃說：「能夠預知任何人的動作。那個乾瘦的男人好可怕啊。他連眼睛也不用……」

「我明白了！」對機械特別敏銳的里繪說：「那個頭盔，還有那些纜線！他就是透過它們，把意念傳送給四面的士兵。就像腦袋指揮四肢一樣！」

文貞姬點頭。「是軍方的秘密兵器吧？而且看來是專門為了對付吸血鬼和我們這些超能力者而成立的部隊……」

這時「ＰＲＴ」部隊已退回機艙裡。艙門關合的同時引擎聲加大，MH-53 呼嘯著準備離地升空。

眾人恨恨地看著直昇機，卻深知這支結合了高深靈力與尖端科技的特種部隊，實在難有任何辦法對付。

直升機剛離地升起數呎時，機身側面突然發出了「咻」的一聲異響。

一柄雕刻著鬼臉的鈎鐮刀，竟深深砍入防彈裝甲。

不知從何出現的拜諾恩，緊握著接連刀柄的長鐵鍊，隨著直升機急速往上升起。

他左頸一片鮮血淋漓。

「尼克！」里繪禁不住往前奔去，憂心地仰頭呼叫。

拜諾恩雙手沿鐵鍊迅速上游。

——不可以讓他就這樣逃掉！

距離機艙已不足五呎——

艙門突然打開一條縫。一隻乾枯的手掌從中伸出來，手上握著一柄烏黑無光澤的九毫米ＵＳＰ軍用手槍。

槍口爆出兩記火花。在空中搖擺不定的鐵鍊，竟被子彈準確打斷。

拜諾恩從四、五十呎高空直墮而下。他的身體在空中矯健地翻滾了數次，最後猛然雙足著陸，四周塵土也震得冒起。

他拋棄那半截鐵鍊，仰首向天觀看。怨恨的眼睛凝視那漸小的直升機。

東方的天空，露出黎明第一線亮光。

□

剛把彈頭取出並包紮好傷口，十六夜無音又馬上站起來，準備回到大屋裡再次戰鬥。

「不必了。」拜諾恩說：「那些吸血鬼已經全部逃走了。」

無音的臉仍是冷漠得很。她雙手合十朝著拜諾恩鞠躬，然後拿出口袋的紙筆寫字：

「我須回去把一切稟告師尊，然後重拾未完的斬鬼使命。若有需要請隨時找我。我與本教僧侶務必相助。」末尾寫著一個東京的傳真號碼。

里繪把這日文內容翻譯了一次。拜諾恩點點頭，收下了紙條。

「等一下。」拜諾恩說著從，袖裡拔出一柄十字架銀匕首，交到無音手裡。「很感謝妳救了我。這件信物送給妳留念。」

無音低頭細看，用指頭撫摸匕首柄上那受難基督的雕刻。她抬起頭來，朝著拜諾恩微笑。

這是眾人第一次看見這位密教女尼的笑容。雖然很生硬，卻令她剛毅的臉變得柔和起來。

無音拾起行囊，從裡面拿出黃色雨衣披上，然後在其餘四人目送下，一拐一拐地孤獨步去。

「那個『皇后』呢？」宋仁力咬牙切齒，撫摸著妻子仍然浮腫的臉頰。「我還沒有跟她來個了斷呢。」

「對不起，我已經把她放走了。」拜諾恩閉目一會，又說：「有個人我無法留在身邊，必須交由她照顧。」

拜諾恩沒有再多說。他不想讓里繪知道，慧娜已經成為馮．古淵的犧牲品。

他永遠不可能照顧慧娜了。這工作看來只有布蘭婕最適合。對於這個瘋狂的皇后，拜諾恩當然不能完全放心。但是他別無選擇。

「謝謝你們的幫助。」拜諾恩伸出手。

宋仁力有點愕然。之前見面時，拜諾恩就如文貞姬形容，像一塊堅硬的寒冰。

宋仁力也伸出厚實手掌，與拜諾恩用力一握。

拜諾恩看了文貞姬一眼。「你們……很令我羨慕。」他轉過身，面朝著庭園的鐵門：

「好了。我們先走一步了。」

波波夫應聲從里繪懷裡躍出，跳到拜諾恩腳邊。

里繪臉上帶著憂愁，幽幽地看著拜諾恩的背影。

——又要分別了嗎……

拜諾恩卻沒有邁步。他回過頭來瞧向里繪。

「怎麼了，妳不走嗎？」

里繪這才知道：拜諾恩那句「**我們**」，並不只是向波波夫說的。

第三十二章
尾聲

作者：PH@XQIZ（速吻）
發送日期：五月十一日東岸時間凌晨三時零六分
標題：我回來了！

大家最近如何？我又找到新工作了。詳情無法告訴你們——那是最高機密啊。總而言之不是替政府做事啦。

記得我的那個「他」嗎？我又跟他在一起了。不是你們想像那樣子。我們現在是夥伴。他說了一句令我很高興的話：「現在我發現了，擁有夥伴的感覺真的很不錯。」

我不知道以後會如何。現在開始要跟他學習許多東西——那並不是簡單的事啊。說不定以後還有許多奇怪的事情要藉助大家幫忙呢。

不能說太多了。也許到我六十歲的時候，再把一切真相告訴你們吧！

P.S. 請珍惜你們所愛的人啊！

五月二十三日　晚上十時三十分

華盛頓某地

「一切都處理妥當了嗎？」聲音顯得十分蒼老。房間內燈光很暗，無法看見說話者的臉。只看見一隻皮膚皺紋滿佈的手掌，擱在放著檯燈的書桌上。

「對。復原狀況很理想。已在分析中……」另一把較年輕的聲音在黑暗中回答。

「嗯……」那隻手掌移到桌上一個打開的文件夾上，內裡是數頁打字報告。指頭沿著文字一行一行掃過去，最後停留在一個小標題上：

超自然反應部隊（Paranormal Reaction Team）之實效評價

「……PRT之核心構成部分，即Superior Soldier System（簡稱S3 Project），於本次（第004次）實地測試之過程及數據如下……」

「表現很不錯呢……」蒼老的聲音說。「還有那驗證機體的紀錄儀裡，收錄到一些很驚人的戰鬥數據。」手掌拿起夾附在文件中的兩幀照片：一幀拍攝的是MH-53直昇機側面那道破口；另一幀是一柄古怪的鈎鐮刀。

「其餘那些人的身分有沒有確定？」

「還沒有。」

「繼續吧。今次任務可真收獲豐富啊……」手掌從文件移開，拿起桌上另一件東西。

一個細小的密封塑膠試管。裡面裝著鮮紅的血液。

十月十四日　晚上八時零五分

紐約市曼克頓區

百老匯的卡曼尼劇院外被賓客和記者擠得水洩不通。鎂光燈幾乎沒有間斷地閃爍。

「SONG & MOON」繼上次空前成功的《NEO SPOOKSHOW》後，這麼短時間內竟又再次發表新作，令業界所有人既驚奇又期待。

賓客開始排隊進場。穿著像美麗巫女、刮著光頭的接待員，正忙著發送黑色封面的手冊。

這次的主題是：

LOVE IS A HAMMER

第三十三章
N．拜諾恩之日記II

五月十四日

很奇怪的，最近幾個晚上我都沒有作夢。

原本以為必定會夢見慧娜。

當然我仍然沒有一刻不懷念她。但是似乎我已經能夠安然地把她放在心裡一個角落了。

也許我已經接受永遠失去慧娜這個事實。

□

世上許多人都不承認：愛是一種有期限的東西。也許應該說，是不願意承認吧。

因為不承認期限的存在，也就往往沒有在期限之內好好珍惜。

與她睡在同一張床上的每個時刻。跟她一起去過的每個地方。她的每個表情。每一次觸摸她手掌的溫軟感覺。

以後都不會再有了。

永遠。

然而我開始感覺到：在超越期限以後，愛並沒有失去。它只是變化為另一種東西。

□

「我們是不是失敗了？」離開摩蛾維爾時里繪這樣問。我無法回答。

在每場鬥爭裡，參與者都懷著一個信念：這場鬥爭總有終結的一天。可是結果呢？世上大多數的鬥爭還是長久的持續下去，綿延許多世代，直到今天。

我相信這場鬥爭也如是，並不會出現所謂「最後的勝利」。我、吸血鬼與人類，都只是各自扮演著角力與制衡的角色。

但是這並不代表，我們繼續走下去就沒有意義。

我不肯定帶著里繪在身邊，是不是一個正確的決定。但是我並不擔心。她再長大一些，可以自己決定一切。

我只知道我現在很需要她。一個夥伴。她那鮮活的生命力不斷在提醒我：世上確實有值得為之戰鬥的東西。

□

這麼多異能者不約而同地聚集在摩蛾維爾，里繪有這樣的看法：

「可能是人類面對吸血鬼的威脅，才誕生出你們這些孩子吧？這是物種的防衛本能啊。就像生病時，身體會產生抗體一樣。」

我聽了後覺得很驚訝。好像在哪裡聽過類似的說話，卻又完全記不起來。

她又說：「假如吸血鬼是從地底冒出的惡魔，那麼你們就是降落在凡塵的天使吧。守護人類是你們的天職——看見你們聚在一起時，我有這樣的強烈感覺。」

在狩獵生涯裡，我一直只懷著唯一目的：尋找方法驅除那居住在我心裡的魔鬼。

可是現在的我堅信：**我心裡同時也居住著一個天使。**

【吸血鬼獵人日誌】第四部《華麗妖殺團》完

《華麗妖殺團》原版後記
從 Jim Morrison 到 Bob Marley

This is the End, Beautiful Friend
This is the End, My only Friend, the End
It Hurts to Set You Free
But You Never Follow Me
The End of Laughter and Soft Lies
The End of Nights We Tried to Die
This is the End

——Jim Morrison, The End

在我最初開始寫作《吸血鬼獵人日誌》這個系列時，我最喜歡 Doors 的音樂。我寫的第一隻吸血鬼約翰・夏倫，就是以該樂隊靈魂人物 Jim Morrison 作藍本。

一九九六年夏天，在剛寫完《冥獸酷殺行》後不久，到了位於巴黎 Pere Lachaise 墓園的 Morrison 墳前。當然我去得太晚了：墓碑上原有那個滿佈塗鴉的 Morrison 塑像，許久以前已經被人偷走。

現在我最喜歡的是 Bob Marley。我並沒有打算把他也寫成吸血鬼——他所擁有的生命力是不屬於那種黑暗的。或者應該說，吸血鬼永遠是支配者，而 Marley 天生就是個解放者。

希望有一天，我能夠到牙買加探訪他的墓地——同時也是他的出生地。

Jim Morrison 就像脫離了凡俗一切羈絆，卻發現世界本來就是個最大的囚牢——「No One Here Gets Out Alive.」；Bob Marley 的歌聲則像迴盪於監獄的廊道之間，提醒我們不要放棄天賦的自由。Morrison 描繪了世界末日前最後的狂喜盛宴，還有宴後頭痛欲裂的虛無失落；Marley 則至死都在吟唱人類最初、最卑微也最崇高的理想。假若 Morrison 是耶穌基督最後晚餐裡的酒，Marley 則是那片麵包。

從 Morrison 到 Marley，正好形容了我這幾年心境與思想的一些轉變。也因為這些轉變，我的《吸血鬼獵人日誌》故事在此作了一個小結。當然這故事還有「尾巴」仍未交代，而我也不排除再寫續篇的可能。不過在我構想到更新鮮有趣的歷險之前，獵人要暫時休息了。

在這短短數集裡，也算是建立了一個有效的故事「方程式」，若要繼續生產更多相近的續集應該不是很困難。不過這一向不是我想做的事情。李小龍說武術就是「忠實地表達自己」。寫作對我來說也是一樣。

How Long shall They Kill Our Prophets
While We Stand Aside and Look
Some Say It's Just a Part of It
We've Got to Fulfill the Book

Won't You Help to Sing, These Songs of Freedom
Cause All I Ever Have, Redemption Songs
These Songs of Freedom
Songs of Freedom

——*Bob Marley, Redemption Song*

有件事情是我最近才發現的：Bob Marley 的生日是二月六日。和我同一天。

喬靖夫

二〇〇三年七月二十三日

《吸血鬼獵人日誌》重編版後記

我過去寫小說後記，都不太為那作品的創作意圖做說明，因為覺得要表達的事情，應該就在故事裡充分表達，而不是靠額外補充去讓作者看得明白。

不過到了生涯這階段，我覺得對於已成書多年的作品可以例外，畢竟老讀者都想多聽聽有關創作背後的事。

所以，就來說說吧。

構思《吸血鬼獵人日誌》，當初其實只花了很短時間。我在一九九五年寫成出道作《幻國之刃》，當時全副心思就在怎樣寫好它，書成後也經過一段時間才找到出版社，根本就沒有計劃第二本書要寫甚麼。結果我花了不到三個月，就構想和寫好了《吸血鬼獵人日誌》的第一集《惡魔斬殺陣》。

那個時期的我，想到就寫，還寫了個跟先前一本截然不同的故事，沒有任何顧慮。

不少人誤會這個系列是受到菊地秀行的《吸血鬼獵人D》或美國漫畫及電影《幽靈刺

客》（*Blade*，台譯片名《刀鋒戰士》）的啟發，事實上我在構思時完全不知道這兩部作品（而且《幽》的電影比我的小說要遲推出）。

真正令我對吸血鬼產生強烈興趣，並且構思出這個故事的，其實是法蘭西斯．哥普拉在一九九二年執導的電影《吸血僵屍：驚情四百年》（*Bram Stoker's Dracula*，台譯片名《吸血鬼：真愛不死》），與及它所依據的百年經典名著《卓古拉》。在它們影響下，我開始搜讀關於吸血鬼的書及資料，其中在一部叫《*The Vampire Companion*》的書裡，讀到關於「達姆拜爾」（Dhampir）傳說的真實記載，由此啟發了寫拜諾恩的概念。此外有讀過《卓古拉》的朋友都知道，該作特別之處乃是一部「書信體小說」，全故事用不同角色的筆記、信件及新聞報導來構成敘事，《吸血鬼獵人日誌》裡大量採用日記和新聞節錄插敘的寫法，並以「日誌」為系列名，靈感正是由此而來。至於「吸血鬼獵人」一詞，來自於電影原聲配樂大碟，裡面第二首的曲名直接就叫《Vampire Hunters》，它氣氛詭奇又有股英雄冒險感，在我筆耕的無數時刻，不知聽了多少百遍。

至於另外一些對《吸血鬼獵人日誌》有啟發的同時期作品，包括具有濃烈歌德黑暗風的漫畫／電影《烏鴉》（*The Crow*，台譯片名《龍族戰神》）；我非常喜愛的導演羅拔．洛迪格斯（Robert Rodriguez）的《三步殺人曲》（*Desperado*，台譯片名《英雄不流淚》），以及沙村廣明的漫畫名作《無限之住人》。能夠把這麼多深愛的作品元素吸收、混合在一起，變成獨自的故事，對我來說是寫作生涯一次重要的成長。

當我讀到關於「達姆拜爾」這吸血鬼與人類的私生子時，《吸血鬼獵人日誌》的核心主題幾乎已經馬上在腦海浮現。我許多小說，從《殺禪》到這部再到《武道狂之詩》，其實都有個恆常的故事主題：一個人怎樣尋到真正的自己。「你找到自己的世界沒有？」《大時代》裡的股神葉天也是這樣問方展博。我認為人生裡沒有比這更重要的事。找到寫作，就是我人生裡最重大的事，因此我喜歡探討這個主題。拜諾恩因為認識了真實的自己，而踏上吸血鬼獵人之路，然後在旅途中發現生命裡的更多意義。

我初期的構想，確實是計劃把拜諾恩寫成典型的「系列式英雄」，像 James Bond 或者衛斯理那樣，可以不斷持續寫新的單元冒險，每次去不同國家或城市狩獵吸血鬼。但我的創作思維始終比較傾向於長篇，寫著寫著就變得很重視拜諾恩這角色的成長變化，結果去到第四個故事《華麗妖殺團》，他不論是個人和人際關係都已經完全進化，同一模式不再可能走下去。雖然有些讀者未必同意，但我真心認為，《華麗妖殺團》已經是這個系列的結局——至少拜諾恩作為一個流浪獵人，他這段路已告一段落，再續下去說的也會是跟先前截然不同的東西。也許還留下一些未解之謎，但拜諾恩個人的自我探索之旅已經完成，而這一點才是這套小說的核心。

另一個當時驅使我結束這系列的因素，則是時代。《吸血鬼獵人日誌》的風味就像歌德搖滾，都是永遠屬於九〇年代的，二十世紀末的「終結感」，與這故事是絕配；一踏進廿一世紀，對我來說就進入了「未來」，整個世界的格調已經變得不一樣，直覺讓我決定這套小說走到這裡就可以。我這麼說並非沒有根據，大家可以比較看看二〇〇〇年前、後的電影，總是有種不一樣味道，時代氣氛對創作的影響是非常真實的。

在我過去的小說裡，《吸血鬼獵人日誌》可說是最毫無保留地追求「舞台感」的一個系列，只因吸血鬼這題材本身就帶著古典的瑰麗與頹靡因子，然後再把它灌注到現代冷硬都市，加上暴烈搖滾為配樂，註定必然是一場舞台表演。當然這種方向難免有浮華矯飾，但矯飾並不一定不好，只要配對了題材和世界觀，它也可以是一個故事最適合的表達方式；而舞台手法，亦不代表內裡所要說的主題不真實。

既然是「舞台」，音樂自然成我很重視的元素。用無聲的小說文字來表現音樂歌曲，這個挑戰我從一開就覺得非常好玩和滿足，也是寫作路途上的一大收獲。《殺禪》和《武道狂之詩》都有關鍵情節與歌曲緊扣，成果讓我很滿意，現在回想起來，正是得益於我寫《吸血鬼獵人日誌》時的磨練。

如果要我選一首《吸血鬼獵人日誌》的主題曲，我毫不猶豫會選擇 Nine Inch Nails 重新演繹版本的 Joy Divison 名作《Dead Souls》。在寫作過程中，每次只要它的音樂一起，就能令我一秒跳進自己構想的那個世界，很神奇。

世上有音樂，真是太好。

假如沒有，我不太肯定，自己當初是不是會寫小說。

今次《吸血鬼獵人日誌》重編版，再次收錄門小雷為二〇〇七年版本繪畫的封面。因為我和出版社都實在想不到，還有誰能夠畫得出更完美配合這套小說的插畫。

那是我和小雷首次合作，非常值得紀念。到今天還記得，第一次與她見面和請求她為我作畫時，心情有多緊張（笑）。

在我寫作生涯裡，竟然曾經跟這麼多天才橫溢的畫師合作過，那是沒來由的幸運。

這段日子我常想：當創作人，其實享受著一種不尋常的幸福。

我們的東西，只要做了出來，就有機會在這個世上留下軌跡。並不是每種工作都有這樣的特殊價值。

重修自己多年前的小說，讓我更確定這個想法。

作品，是我存在的證明。

喬靖夫

二〇二四年十二月十六日

JOURNAL
OF THE VAMPIRE
HUNTER

國家圖書館出版品預行編目資料

吸血鬼獵人日誌 = Journal of the Vampire Hunter / 喬靖夫著. -- 三版. -- 臺北市 : 蓋亞文化有限公司, 2025.02
面； 公分. -- (喬靖夫刀筆志)

ISBN 978-626-384-180-2(第3冊 : 平裝)

857.83　　114000322

喬靖夫刀筆志 010

吸血鬼獵人日誌 III 重編版

作　　者　喬靖夫
彩色插畫　門小雷
裝幀設計　莊謹銘
總 編 輯　沈育如
發 行 人　陳常智
出 版 社　蓋亞文化有限公司
地址：台北市103承德路二段75巷35號1樓
電話：02-2558-5438　傳真：02-2558-5439
電子信箱：gaea@gaeabooks.com.tw
投稿信箱：editor@gaeabooks.com.tw
郵撥帳號 19769541　戶名：蓋亞文化有限公司
法律顧問　宇達經貿法律事務所
總 經 銷　聯合發行股份有限公司
地址：新北市新店區寶橋路二三五巷六弄六號二樓
電話：02-2917-8022　傳真：02-2915-6275
三版一刷　2025年02月
定　　價　新台幣 380 元
Published and printed in Taiwan

ISBN 978-626-384-180-2